小說新賞

出發吧！冒險隊

西遊記

原著　明・吳承恩

編寫　許榮哲

三民書局

在經典故事中成長

我常常思索著，我是怎麼成了一個說故事的人？

有一段我已經忘卻的記憶，那是一個沒有什麼像樣娛樂的年代，大人們忙著養家活口或整理家務，大部分的孩子都是自己尋找樂趣，妹妹告訴我，她們是在我說的故事中度過童年的。我常一手牽著小妹，一手牽著大妹，走到家附近那廢棄的老宅前，老宅大而陰森，厚重而斑駁的木門前有一座石階，連接木門和石階的磚牆都已傾頹，只有那座石階安好，作為一個講臺恰到好處。妹妹席地而坐，我站上石階，像天方夜譚般開始一千零一夜的故事。

記憶中的小時候，我是個木訥寡言的人，所以當小妹說起這段過去時，我露出不可思議的神情，懷疑她說的是另一個人的事。雖然如此，我卻記得我是如何開始寫故事的。那是專三的暑假，對所有要上大學的人來說，這個暑假是很特別的假期，彷彿過了這個暑假就從青少年走入成年。放暑假的第一天，我從北部帶著紅樓夢返家，想說漫長的暑假適合讀平日零碎時間不能完整閱讀的大部頭。當我花了兩個星期沒日沒夜看完紅樓夢，還沒從寶黛沒有快樂結局的悲悽愛情氛圍中脫身，突然萌生說故事的衝動，便在酷暑時節，窩在通鋪式的臥房，以摺疊成山的棉被權充書桌，幾個下午就完成我的第一篇短篇小說、我說的第一個故事。寫完時全身汗水淋漓，用鉛筆寫的草稿也被手汗沾得處處字跡模糊，不過我不擔心，所有的文字都在我腦海中，無需辨認。之後我又花了幾天把草稿謄在稿紙上，投寄到台灣日報副刊，當那個訴說青春少女和遲暮老人忘年情誼的小說變成鉛字出現在報紙副刊，我知道我喜歡說故事、可以說故事，於是寫了一篇又一篇的小說，直到今天。

原來是經典小說帶領我走入說故事的行列，這段記憶我始終記

得，也很希望在童年時代還耐不下性子閱讀原典的孩子們，能和我一樣在經典故事中成長。

　　雖然市場上重新編寫經典小說的作品很多，但對我這個有兩個少年階段孩子的母親來說，卻總覺得找不到適合的版本，不是太簡單，就是太難，要不然就是刪節得不好，文字不夠精確等等，我們看到了這當中的成長空間，於是計畫進行一套經典小說的改寫版本。

　　首先我們先確定了方向，保留較多文學性，讓這套書適合大孩子閱讀；但也因為如此，讓我們在邀請撰稿者方面碰到不少困難。幸好有宇文正、石德華、許榮哲等作家朋友們願意加入，加上三民書局之前「世紀人物 100」的傳記書系列，也出現了不少有文采、有功力的寫作者，讓這套書可以順利進行。對於文字創作者來說，創意是珍貴的資產，但改寫工作就像化妝師，被要求照著一張照片化妝，不能一模一樣，又不能不一樣，一些作者告訴我，他們在撰寫這系列的書時，常常因為想寫的和原著不太一樣而卡住，三民書局的編輯也常常要幫著作者把寫作節奏拉回來，好幾本書稿都是初稿完成後，又大幅刪修，甚至全部重寫。辛苦的代價便是呈現在讀者面前的這套書──文字流暢、故事生動，既有原典的精華，又有作者的創意調拌，加上全彩印刷、配圖精美。這是我為我的孩子選擇的一套書，作為他們告別青春期的最佳禮物，希望能和天下的學子、家長們分享，也期待這套「大部頭的套書」，經過作家們巧妙的改寫、賦予新生命後，保留了經典的精神，又比文言白話交雜的原典更加容易親近，讓喜歡聽故事、讀故事的孩子，長大後也能說故事、寫故事，於是中國經典文學的精華就能這麼一代一代傳誦下去。

林黛嫚

作者的話

永遠在路上的取經隊伍

我從小就喜歡玩「西遊記」，沒錯，你沒看錯，是「玩」，不是讀。

遊戲之前，我得先去書局買幾張白板紙，然後裁成數十張撲克牌大小的紙牌，緊接著在每一張紙牌上各寫下一個西遊記裡的人物，如<u>孫悟空</u>、<u>唐三藏</u>、<u>二郎神</u>、<u>牛魔王</u>、<u>鐵扇公主</u>、<u>紅孩兒</u>、<u>蜘蛛精</u>、<u>如來佛</u>……。寫完人物之後，再寫武器和法寶，如金箍棒、九齒釘鈀、三昧真火、紅葫蘆、緊箍兒……

最後再找來三個同伴，洗牌，發牌，遊戲開始了……

大部分的人都玩過大老二、排七、撿紅點，但絕對沒有人像我們一樣，每天一下課，就圍在一起玩我們自己發明的「西遊記」。

偶爾老師經過看到了，不只不會禁止，還常常露出稱許的表情呢。

就像玩大老二時，必須先把最小的梅花 3 丟出來一樣，玩「西遊記」時，手上握有「靈石」的人，必須先把它丟出來。

為什麼是靈石？因為<u>西遊記</u>這個故事，便是從花果山上一塊自盤古開天以來，就一直吸收日月精華的靈石開始的。有一天，靈石突然動了一下，一會兒過後，又動了第二下，第三下之後便止不住的震動，直到靈石裂開。一隻古靈精怪的猴子從靈石裡蹦了出來，剛出生的石猴一睜開眼睛，就射出兩道直沖天庭的金光，<u>玉皇大帝</u>還因此特地派人去看一看到底發生了什麼事。

靈石是<u>西遊記</u>這個故事的起源，也是「西遊記」這個遊戲的起點。

緊接著就是一連串仙拚仙，害死猴齊天的仙魔鬥法了。

就像蟑螂怕拖鞋、烏龜怕鐵鎚一樣，再厲害的傢伙也有剋星。例如天不怕地不怕的「孫悟空」，偏偏就是逃不出「如來佛」的手掌心，所以「如來佛」勝「孫悟空」。這時，一定會有聰明的孩子問，難道<u>孫悟空</u>不怕他的師父「唐三藏」嗎？當然不怕，除非你同

時擁有「緊箍咒」，才有辦法叫孫悟空痛得在地上打滾，大叫「師父，徒兒再也不敢了。」

如果你一次收集到「牛魔王」、「鐵扇公主」、「紅孩兒」這一家人，以及他們各自的座騎、武器「辟水金睛獸」、「芭蕉扇」、「三昧真火」這六張牌，那我要恭喜你，你等於拿到同花大順，幾乎要天下無敵了。

「幾乎」？那就是還沒天下無敵嘛。究竟要拿到什麼牌才會天下無敵呢？

答案是同時拿到「唐三藏」師徒四人，再加上「如來佛」和「三藏真經」這六張牌，因為這代表故事已經來到最後一回，唐三藏師徒翻山越嶺，歷經九九八十一難，連續走了十四年，十萬八千里路，終於來到西天的雷音寺，見到如來佛，完成取經的任務。

遊戲玩著、玩著，常常會有新夥伴想要加入我們。

「好像很好玩的樣子，我也想玩看看。」新夥伴說。

沒問題，不過你得先喊出通關密語：「我看過西遊記了。」

沒錯，玩這個遊戲的唯一要求就是你得先看過西遊記。原因很簡單，一來，你幾乎不用教，就知道遊戲規則了（總不能連誰是誰的剋星、誰是誰的法寶都搞錯了吧）。二來，你才能完全體會這個遊戲的樂趣。例如，為什麼拿到「沒品」的人會對著拿到「孫悟空」的人賊笑？因為「沒品」正是孫悟空的剋星，不是孫悟空卑鄙下流，而是孫悟空曾被騙去當一個專門養馬，連品都沒有的小小「弼馬溫」。

又為什麼拿到「散夥」的人會忍不住掩嘴偷笑呢？因為它有權力倒轉乾坤，只要看贏家不順眼，他隨時都可以喊「散夥」（前提是他必須擁有「豬八戒」這張牌），那麼這一局就不算，必須重來，因為有句俗諺是這樣的：「唐三藏取經遇到豬八戒，整天叫散夥」。

「西遊記」這個遊戲最特別的地方在於它是「活的」，你對西遊記這個故事越熟悉，就能發明出越多的玩法。

有人的童年是在「陽光、沙灘、海浪、仙人掌和外婆的澎湖灣」度過的，而我卻是來來回回在「西遊記」的故事和遊戲裡，和小時候的同伴一起翻書、發明新玩法，然後展開仙魔大鬥法度過的。

如今的我，已經找不到兒時的同伴陪我一起玩「西遊記」了，但孫悟空、豬八戒這些栩栩如生的小說人物卻始終不曾離我遠去。常常我打開電視，隨意按轉遙控器，一個不小心就會看到不同年代、不同明星拍的各種版本「西遊記」，這時的我總會不自覺的放下手中的遙控器，安安靜靜的坐在電視機前，再次回味孫悟空大鬧天宮，把平常高高在上的神仙耍得團團轉；回味孫悟空被騙去養馬，當了半個月沒品的弼馬溫，但他就是有辦法用自己的方法逆轉勝，回過頭封自己為「齊天大聖」；回味孫悟空就算翻不出如來佛的手掌心又怎樣，他至少可以在如來佛的大拇指撒一泡尿……

即使現在的我已經是個大人了，但我仍幻想自己能像孫悟空那樣，表面上看似任性胡為，但其實是對自己充滿了不可思議的自信心，沒有什麼挫折可以打倒他。

這麼多年過去了，在我心中，唐三藏師徒始終沒有取到經，他們一行四人一如往常，唐僧騎著白馬，悟淨挑著行李，八戒整天喊著肚子餓，悟空舉手齊眉，一雙火眼金睛一閃一閃的。

我多麼希望這支取經隊伍能這樣一直不停的走下去，永遠不要抵達終點。

電視裡，周星馳扮演的孫悟空突然誇張的對著前方大喊：「唉呀，小心，前面好大一股妖風啊！」

許榮哲

西遊記

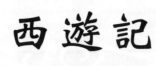

目 次

導 讀

大鬧龍宮、地府的石猴子　002

沒有品的弼馬溫　005

齊天大聖大戰哪吒　007

偷蟠桃、吞金丹，大鬧天宮　011

剋星來了，三眼二郎神　015

八卦爐練就火眼金睛　021

真正的老大，西天如來佛　023

等了五百年，終於等到唐三藏　027

天不怕地不怕，就怕緊箍咒　030

菩薩送來三根救命毫毛　　036

三十六變的色鬼豬八戒　　039

流沙河骷髏水怪沙悟淨　　048

孫行者三戲金銀角大王　　053

四海龍王也滅不了紅孩兒的三昧真火　　073

虎仙、鹿仙、羊仙大鬥法　　092

讓人精神分裂的真假美猴王　　122

銅打鐵鑄一樣熬成汁的火焰山　　134

腿毛又多又長的蜘蛛女　　160

如來佛是妖怪假扮的？　　171

導讀 危險、寂寞和辛苦三個妖怪

　　說到西遊記，它的知名度大概已經到了無人不知無人不曉的地步了。每個人隨口就可以說出一串西遊記裡的故事段落，如孫悟空偷蟠桃、吃仙丹，大鬧天宮、一個觔斗十萬八千里卻怎麼也翻不出如來佛的手掌心……

　　西遊記甚至已經成為我們生活裡的一部分了，例如我們常說的歇後語，如「豬八戒照鏡子，裡外不是人」、「招親招來了豬八戒，自找難看（堪）」、「豬八戒戴花，醜人多作怪」……

　　但如果你以為西遊記流傳下來的都是一些跟豬八戒有關的歇後語而已，那你就錯了！而且錯的離譜！事實上，不只歇後語，我們現在常用的俗諺，其實有很多都出自這部小說，諸如「世上無難事，只怕有心人」（出自西遊記第二回）、「龍游淺水遭蝦戲，虎落平原被犬欺」（第二十八回）、「一日為師，終身為父」（第三十一回）、「救人一命，勝造七級浮屠」（第三十三回）……太多、太多，多到可以出一本冊子了。

　　今天不是來歇後語、俗諺教學的，舉上面的例子只是要告訴大家，西遊記影響後世之深，流傳之廣，恐怕只有三國演義勉強可以和它比擬。西遊記、三國演義和另外兩部小說水滸傳、金瓶梅並列為中國古典四大奇書。

　　那麼西遊記的作者到底是誰？誰這麼天才？以前大家都認為是元朝的全真教道士丘處機，現在則認為是明朝的吳承恩。為什麼作者會突然換人呢？發生了抄襲事件嗎？當然不是，那是因為直到一九二〇年代，西遊記的作者署名一直都是丘處機，直到一九二三年，經過魯迅、胡適等人的多方考證，認為明朝的吳承恩才是西遊記的真正作者，此一論點

被學術界大多數的人認同，這才終於還了吳承恩一個公道。

這麼說來，真正的天才是明朝的吳承恩囉。一半對，一半不對，因為西遊記並不是吳承恩一個人憑空幻想出來的，而是從歷代流傳下來的各種關於唐三藏取經的故事裡（如最早的大唐西域記、南宋的藝人話本大唐三藏取經詩話等），重新改寫，並加入自己的奇思幻想，最後才寫成我們現在所見到的長達一百回，高達八十萬字的西遊記。

由於西遊記裡，孫悟空、豬八戒等人物的刻畫實在太鮮明了，仙魔鬥法的情節又太刺激了，所以故事的主軸「西天取經」反倒常常被忽略。

事實上，真的有西天取經這回事。唐代的時候，由於佛經翻譯的素質良莠不齊，因此造成了一些解讀上的爭執，於是二十六歲的玄奘決定到天竺取回佛經原典，徹底解決問題。

各位聰明的同學想一想，唐朝耶，不是十幾年前，而是一千多年前喔。當時的天竺就是今天的印度，印度喔，不是屏東喔。用膝蓋下面一點的地方想也知道，這是一趟用一百個艱辛也不足以形容的旅程。但玄奘做到了，他花了十七年的時間（比西遊記裡的十四年還長），歷經了五十多個國家，帶回佛經原典六百五十七部。

回國之後，玄奘口述取經過程中的所見所聞，由他的門徒寫成大唐西域記一書，記錄了西域各國的山川景色、風土人情。由於玄奘取經的過程實在太精采了，再加上只有他自己一個人知道所有的經過，於是後人你加油添醋，我穿鑿附會，他牽絲攀藤，不停演變的結果，西天取經慢慢從現實，走向傳說，最後幾乎變成神話了。

想像一下，如果你是玄奘，獨自一個人前往西天取經，那麼日日夜夜陪伴你的，將是危險、寂寞和辛苦這三個討人厭的妖怪！

再想像一下，如果你是吳承恩，有能力幫助玄奘對抗這三個妖怪，那麼你會派什麼人去幫助他呢？

讓我們從「辛苦」開始吧，因為辛苦這個妖怪最好解決。

因為辛苦，所以我們需要有個任勞任怨的三師弟沙悟淨。西天取經的行李一肩挑，請他幫什麼忙，他絕對不說第二句話。

其次是「寂寞」，這個妖怪比較難纏，因為你再也不能上網或和朋友 MSN 了。

但沒關係，我們有個很會鬧笑話的二師兄豬八戒，他是個豬頭大肚的色鬼，見到美女（其實是妖精變的）就流口水，走沒兩步路就喊累，剛吃完午餐就想喝下午茶，一天到晚吹牛，說自己以前又高又帥，要不是當時年紀小，不小心投錯胎，掉到母豬的肚子裡，他現在肯定比金城武還帥……。寂寞這個妖怪看到豬八戒這副笑死人的嘴臉，不立刻逃之夭夭才怪。

最後是「危險」，這個妖怪最厲害，因為你總不能隨身帶著槍自衛，或者申請保護令之類的吧！

幸好我們有個法力高強的大師兄孫悟空，他會七十二變，你想得到的他都變得出來（雖然偶爾會出槌，多出一條猴子尾巴），一個觔斗就是十萬八千里，一雙火眼金睛一閃一閃的，千里之內的妖怪全都無所遁形，還有重達一萬三千五百斤的如意金箍棒，吃它一棒，再厲害的妖怪都成了一灘肉泥。

有了這三個徒弟的陪伴，唐三藏的西天取經之旅就變得有趣多了，而且也不再那麼危險、寂寞和辛苦了。

什麼？有趣還不夠，還得刺激？那有什麼問題，會吃人的妖怪夠刺激了吧！

西天取經一共經歷了九九八十一難，你以為八十一難就是八十一個妖怪嗎？那你可就錯了，因為一路上的妖怪有兄弟檔的，如金角銀角大王、虎力鹿力羊力大仙；有姐妹檔的，如那七個美如天仙的蜘蛛女；甚至還有一家人的，如牛魔王、鐵扇公主，以及紅孩兒……

什麼？有趣、刺激還不夠，還得要能夠增長智慧？你的要求還真多呢，不過也是有道理啦，總不能看完西遊記之後，卻變成一個成天只會打打殺殺的大草包吧！

　　智慧，西遊記裡多的是，讓我們隨便舉個例子吧！

　　如果有一天，突然冒出了兩個一模一樣的孫悟空，不管是外貌、法術，甚至連心底想的，都一模一樣那該怎麼辦？該如何分辨誰是真的、誰是假的？用托塔天王的照妖鏡？還是地藏王菩薩的座騎諦聽神獸？他們分別是天庭和地府最會分辨真偽的寶物和神獸，但如果連他們都分辨不出來，那該怎麼辦？總不能請神探福爾摩斯來幫忙吧，所以這時候就得勞煩你動一動你的腦袋瓜子了。

　　唉呀，說了這麼多，如果你還是一點也不急著翻到下一頁，看看西天取經四人組究竟是如何大戰群魔的，那麼猴急的孫悟空一定會氣得舉起金箍棒，高高跳起，從你的天靈蓋重重敲下去，並且怒斥道：「還不趕快翻到下一頁，我老孫等不及要出發去取經了。」

寫書的人
許榮哲

　　臺南縣下營人。臺大生工所、東華創作所雙碩士。曾任聯合文學雜誌主編，現任耕莘青年寫作會文藝總監、台灣文學創作者協會理事長、大河文化協會副理事長。有六年級世代最會說故事的人的美譽，他的名言是：「契訶夫死了，卡爾維諾也萬屁了，只有我還活著！」曾獲中國時報、聯合報文學獎、新聞局優良劇本獎等。著有小說迷藏、寓言、吉普車少年的網交生活、漂泊的湖，電影劇本單車上路、七月一號誕生，作文書神探作文，以及小說創作教學小說課等。

西遊記

大鬧龍宮、地府的石猴子

　　莊嚴肅穆的天庭<u>靈霄殿</u>，今兒個有點不太尋常，因為平日各霸一方的<u>東海龍王</u>和<u>閻羅王</u>不約而同帶著奏摺，千里迢迢的趕來拜見<u>玉皇大帝</u>。兩個人的臉色都非常難看，不知道發生了什麼大事。

　　先說話的是<u>東海龍王</u>，他氣呼呼的說：「啟稟玉帝，事情是這樣的，幾天前，有一隻毛臉雷公樣的猴子無緣無故跑來<u>東海</u>撒野，嘴巴說要向我借樣兵器，實際上是在勒索，因為他說如果我不借他，他就要把<u>東海龍宮</u>拆了。我當然是抵死不從啦，但最後還是被他搶走了我的鎮海之寶『如意金箍棒』。」

　　如意金箍棒是一根長二十丈，重一萬三千五百斤的神奇大鐵柱。只要喊上幾聲「短」，鐵柱就會一直縮，縮成一根可以藏在耳朵裡的繡花針。反過來，喊上幾聲「長」，鐵柱就會一直漲，漲成一根上撐三十三天，下抵十八層地獄的無敵大鐵柱。它是當初<u>大禹</u>治水時，用來測量大海有多深的神鐵。

龍王說完，氣得咬牙的閻羅王接口說道：「沒錯，這猴子實在太無法無天了，陽壽盡了，卻死不認帳，如果只是這樣也就算了，可惡的是他居然惱羞成怒的大鬧地府，一連打死了好幾個鬼卒，然後搶走生死簿，將自己的名字從上頭刪去。不只這樣，他還一不做二不休，也不管認識不認識，只要在生死簿上看到其他猴子，就一股腦的把他們統統刪去，搞得地府大亂。」

「有這種事！」玉帝聽了大怒，轉頭問其他文武百官，這隻潑猴的來歷。

一旁的太白金星說：「啟稟玉帝，這隻潑猴是三百多年前從石頭裡蹦出來的，自稱『美猴王』，稱霸於花果山水簾洞。後來，他拜菩提祖師為師，取了一個叫『孫悟空』的名字，拿手絕活是觔斗雲和七十二變。」

玉皇大帝：「這個孫悟空一下鬧龍宮，一下鬧地府，我看再不好好管教，恐怕很快就會鬧上天庭了。有哪位將軍願意下凡去，把這隻潑猴抓來？」

「啟稟玉帝，微臣倒是有個建議。」向來足智多謀的太白金星說：「與其動刀動槍，不如封這隻叫孫悟空的猴子一個小官，這麼一來我們就

大鬧龍宮、地府的石猴子

可以就近管束他，如果他再不安分，到時候我們再捉他也不遲。」

　　玉帝一聽，覺得有理，於是和大夥討論了起來，當時天庭裡只有御馬監缺了一個管馬的，所以最後只好封孫悟空為「弼馬溫」。

沒有品的弼馬溫

　　自從大鬧龍宮、地府，並且取得如意金箍棒之後，孫悟空一下子聲名大噪了起來，花果山附近的七十二洞妖王紛紛前來進貢、拍馬屁。

　　只是沒想到，後來連高高在上的玉皇大帝也特地派人來封他為弼馬溫，孫悟空高興極了，他心想弼馬溫一定是個了不得的大官。

　　就這樣，孫悟空歡歡喜喜的接下官職，每天認真的養馬，把馬養得又高又壯。

　　半個月過去之後，有一天御馬監的同事幫孫悟空接風，同時恭賀他新官上任。

　　幾杯酒下肚之後，孫悟空得意洋洋的問：「我這個弼馬溫大不大？」

　　眾人說：「我們這兒沒有大不大這種說法，我們用的是『品』。」

　　孫悟空：「那弼馬溫是第幾品呢？」

　　眾人說：「沒有品。」

　　孫悟空：「沒品？意思就是比第一品還大是吧？」

眾人搖搖頭:「意思是……弼馬溫是天庭裡最小的官,只能管馬,以及我們幾個馬伕。」

　　孫悟空一聽,氣得當場跳腳:「可惡,居然把我騙來養馬。老孫不幹了。」

　　說完,一腳踢翻酒桌,並且從耳朵裡拿出金箍棒,不管見到誰都一陣亂打,就這樣打出了南天門,打回了花果山水簾洞。

齊天大聖
大戰哪吒

　　一看到孫悟空回來，眾猴紛紛上前來叩頭慶賀：「恭喜大王衣錦還鄉。」

　　「什麼衣錦還鄉，我被騙去天庭養馬了，虧我還把那些馬一隻一隻養得肥肥胖胖的，早知道就把那些馬宰了下酒。」孫悟空咬牙切齒的把事情始末說給猴子猴孫們聽。

　　這時，有個前來歸順的獨角鬼王聽了，諂媚的說：「真是沒眼光的傢伙，不如這樣好了，讓我們自封為……自封為『齊天大聖』好了。」

　　孫悟空聽了，高興極了，立刻叫人做了一面「齊天大聖」的旗子插在洞口，並且命令所有人不准再叫他大王，一律改口叫「齊天大聖」。

　　這一天，洞外突然有人大叫：「不好了，不好了，那個來了。」

　　孫悟空外出一看，原來是

玉帝派托塔天王和哪吒三太子下凡來捉他回去。

哪吒看著洞口的旗子說：「大膽潑猴，擅離職守也就算了，居然還自封什麼齊天大聖，還不趕快束手就擒，跟我回去領罪，如果你敢說一個『不』字，立刻讓你粉身碎骨。」

孫悟空：「什麼嘛，不過是個毛還沒長齊的小孩，居然敢在老孫面前說大話，我偏要說『不』，不不不不不不……看你能拿我奈何。」

哪吒見孫悟空執迷不悟，於是大喝一聲，變成三頭六臂，六隻手分別拿著斬妖劍、砍妖刀、縛妖索、降妖杵、繡毯兒、火輪兒六種兵器，朝孫悟空一輪猛劈猛打。

孫悟空不甘示弱，也變成三頭六臂，揮舞著三根金箍棒，和哪吒打了起來。

三十回後，孫悟空見一時勝不了哪吒，於是心生一計，趁對方不注意時，拔下

一根毫毛，變出了一個分身，繼續和哪吒對打，本尊則跳到哪吒背後，高高舉起金箍棒就要往哪吒的後腦杓敲下去，等到哪吒察覺不對勁，想要閃的時候，左肩已被狠狠敲了一棒。

　　就這樣，哪吒敗下陣來。

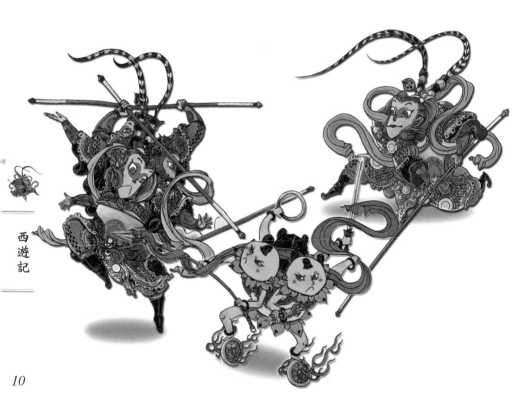

偷蟠桃、吞金丹，
大鬧天宮

當玉帝得知托塔天王和哪吒收拾不了這隻潑猴，正想加派天兵天將去幫忙的時候，太白金星又出面了，他說：「啟稟玉帝，我有個好主意，既然這隻潑猴這麼屬害，不如我們將計就計，封他個『齊天大聖』，反正是有名無實的官位，只要他不再惹事，我們也沒什麼損失。」

玉帝想了想，雖然心底不怎麼舒服，但一時也沒有更好的方法了，於是點了點頭。就這樣，孫悟空真的成了齊天大聖。

在太白金星的安排下，孫悟空搬進了蟠桃園旁的齊天大聖府。

孫悟空在天界每天無所事事，這裡走走，那裡看看，到處稱兄道弟，玉帝怕他又惹是生非，於是派他去管理蟠桃園。

蟠桃園裡有瑤池王母栽種的桃樹三千六百棵，前排一千兩百棵結的桃子，三千年一熟，吃了可以成仙；

中排一千兩百棵結的桃子，六千年一熟，吃了可以長生不老；後排一千兩百棵結的桃子，九千年一熟，吃了可以躲過輪迴，不生不滅與天地齊壽。

孫悟空本來還很認真的在管理蟠桃園，但自從聽說吃了這些桃子的好處之後，就蠢蠢欲動了起來，每天找機會這裡一顆，那裡一顆的偷吃了起來。

這一天，瑤池王母設宴，準備舉行「蟠桃大會」，於是叫了七仙女到蟠桃園摘桃子。七仙女來到蟠桃園，前前後後繞了好幾圈，只摘到了幾籃半生不熟的蟠桃，原來熟的桃子全被孫悟空吃掉了。

「這裡有一顆熟的。」

眾仙女來到桃下，七手八腳合力摘呀摘的，沒想到桃子摘下來之後，居然變成了一隻毛茸茸的猴子，原來是孫悟空變的。

孫悟空大叫一聲，拿出金箍棒往地上一敲：「何方妖怪，居然敢偷我的仙桃。」

七仙女嚇得一起跪下：「大聖饒命，我們是奉王母娘娘的命令，來摘蟠桃宴客的。」

七仙女把事情的來龍去脈說清楚。

孫悟空一聽說有「蟠桃大會」，興奮得不得了，於是問：「蟠桃大會都請了些什麼人，有請我嗎？」

七仙女尷尬的搖搖頭。

「沒有？」孫悟空知道瑤池王母沒有請他之後，簡直氣炸了：「這算什麼，我每天在這裡幫她看守桃子，最後居然沒請我，分明是瞧不起人嘛。」

「定！」憤怒的孫悟空使了個定身法，把七仙女定住，然後駕著祥雲，向瑤池奔去。

半路上，孫悟空遇見了迎面而來的赤腳大仙，一問之下，原來他正要去瑤池赴宴。於是孫悟空心生一計，騙他說：「大仙，是這樣的，瑤池王母派我來通知大家，要去蟠桃大會的人必須先在南天門集合。」

赤腳大仙雖然覺得很奇怪，但還是掉頭往南天門去了。

就這樣，孫悟空變成赤腳大仙的模樣，大搖大擺的走進會場。

到了會場，只見桌上擺滿了山珍海味，卻不見半個賓客，問了現場幾個正在布置的工作人員，才知道自己來早了。

正好！孫悟空心想。他從身上拔下幾根毫毛，變成瞌睡蟲，爬到工作人員身上，不一會兒，所有人全都東倒西歪睡著了。

孫悟空變回自己的模樣，趁機把桌上的山珍海

13

味、好酒佳餚，全部一掃而空。酒足飯飽之後，孫悟空才想到要趕快溜，否則一定會被抓去問罪。但因為他已經七八分醉了，所以回家的時候，居然認錯路，來到了太上老君的家——兜率天宮。

一進兜率天宮，孫悟空七轉八轉，又轉進了煉藥的丹房。丹房裡有一個大丹爐，丹爐旁放了五個葫蘆，葫蘆裡裝滿了煉好的金丹。

孫悟空知道這些金丹都是百年難得一見的靈丹妙藥，搞不好比那些吃了可以長生不老的蟠桃更厲害，於是一口氣把它們統統吞進肚子裡去了，吃完之後，倒在地上睡著了。

等到孫悟空酒醒，才驚覺自己闖下大禍，如果不趕快逃的話，恐怕性命難保，於是使了個隱身法，逃回花果山。

剋星來了，
三眼二郎神

　　但事情終究還是爆開來了，<u>玉帝</u>知道<u>孫悟空</u>一下子幹了這麼多壞事之後，簡直氣炸了，於是立刻派遣四大天王、<u>托塔天王</u>、<u>哪吒</u>，以及十萬天兵天將，在<u>花果山</u>布下十八座天羅地網，準備把<u>孫悟空</u>抓回來。

　　天庭這邊派出的先鋒是九曜惡星，但這九個看起來凶神惡煞的傢伙，三兩下就被<u>孫悟空</u>打得倒拖兵器，落荒而逃。第二回出來叫戰的是四大天王和二十八星宿，但一樣不是<u>孫悟空</u>的對手。

　　當天兵天將節節敗退的消息傳回天庭時，<u>玉帝</u>頭痛得不得了，幸好這時<u>觀世音菩薩</u>就在一旁，他說：「陛下不用煩心，我知道一個人有辦法對付<u>孫悟空</u>，這個人就是你的外甥，三眼的<u>二郎神</u>。」

　　<u>二郎神</u>領了聖旨，立刻來到了<u>花果山</u>。

　　<u>二郎神</u>對天兵天將說：「請各位幫我把天羅地網布好，然後再請<u>托塔天王</u>在空中架起照妖鏡，以防這隻潑猴逃走，其他的就交給我了。」

布好陣仗，二郎神來到水簾洞外叫陣。

孫悟空一看叫陣的人長相秀氣，於是用瞧不起的口吻說：「哪裡來的不知死活的傢伙？報上名來，以免待會兒成了無名無姓的孤魂野鬼。」

二郎神：「有眼無珠的傢伙，我乃是玉皇大帝的外甥，人稱二郎神君。」

孫悟空搖搖頭：「二郎神君？沒聽過。喂，拿塔位的大叔，你們那邊都沒人了嗎？怎麼派這個膿包來。」

二郎神聽了，火冒三丈，大叫一聲「無禮潑猴」之後，舉槍刺向孫悟空。孫悟空一個閃身，也舉起金箍棒回擊。

兩人旗逢對手，連打了三百多回合之後，仍不分勝負。

「大！大！大！」二郎神連叫了三聲「大」之後，瞬間變成了一個手拿三尖兩刃刀，身高萬丈的巨無霸。

「小意思，我也會！」孫悟空不甘示弱，也使了個神通，變成和二郎神一般高大，手裡揮舞著擎天巨柱的超級大猴子。

原本在一旁搖旗吶喊的猴子兵團，看到眼前的陣仗，嚇得一時腿軟，連旗子都搖不動了。

這時，二郎神的手下梅山六兄弟眼看時機成熟，趁機放出獵鷹、獵犬，廝殺過來，猴子兵團不是對手，

死的死、逃的逃，亂成一團。

　　聽到部下又是尖叫，又是哀嚎，孫悟空一時心慌，變回原形，轉身就跑。二郎神在後頭緊追不捨，再加上梅山六兄弟在前面擋住去路，孫悟空靈機一動，搖身一變，變成一隻麻雀，飛上樹梢。

　　梅山六兄弟東找西找就是找不到孫悟空的蹤影，還以為被他溜了。二郎神睜開額頭上的第三隻眼，看見孫悟空變成麻雀躲在樹上，於是搖身一變，變成了一隻大老鷹，展翅撲了過去。

　　孫悟空一看不得了，立刻變成一隻飛得很快的魚鷹，沖天飛去。二郎神見了，又變成一隻大海鶴，飛過去啄他。孫悟空大喊一聲不妙，立刻往下飛，飛入溪水裡變成一尾魚。二郎神追到溪邊，看穿孫悟空的把戲，轉身又變成了一隻專吃魚蝦的魚鷹，見了魚就啄。孫悟空嚇死了，轉身變成小蛇溜進草叢裡，二郎神眼尖，立刻變成一隻尖嘴的灰鶴追了上來。躲進草叢的孫悟空，眼見頭上有個尖嘴巴不停的往下啄呀啄，心知不妙，於是立刻又變成一隻水鴨，愣愣的站在沙洲上裝傻。

　　這次二郎神沒有變成鴨子的敵人，而是直接變回原形，孫悟空一看，還以為他沒看出來，正覺得鬆了一口氣的時候，二郎神突然拿出彈弓來，大喊一聲

「中」，一顆石頭把孫悟空打得倒栽蔥。

孫悟空叫了一聲疼之後，就順著倒勢，跌到山下，一落地就立刻變成一座土地公廟，嘴巴張開是廟門，牙齒是門板，舌頭變成土地公，眼睛變窗戶，只有尾巴不知道變什麼才好，於是只好將就一點，變成一根旗竿。

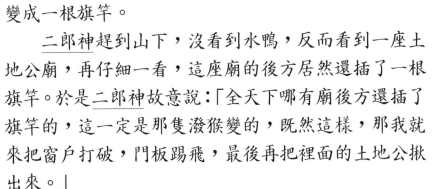

二郎神趕到山下，沒看到水鴨，反而看到一座土地公廟，再仔細一看，這座廟的後方居然還插了一根旗竿。於是二郎神故意說：「全天下哪有廟後方還插了旗竿的，這一定是那隻潑猴變的，既然這樣，那我就來把窗戶打破，門板踢飛，最後再把裡面的土地公揪出來。」

話一說完，土地公廟突然上上下下抖了起來，孫悟空心想再不逃的話，眼睛、牙齒、舌頭就要報廢了，於是用力往上一跳，倏地消失在半空中。

這時在南天門觀戰的太上老君看不下去了，雖然二郎神神通廣大，但孫悟空也不是省油的燈，他們兩個再這樣鬥法下去，恐怕永遠沒完沒了。

「讓我助二郎神一臂之力吧！」說完，太上老君從手臂上取下一個金剛琢，往下界丟了下去。

全心應戰的孫悟空沒料到居然會有東西從天上砸了下來，這一砸不得了，除了頭痛欲裂之外，也害他重重跌了一跤，待孫悟空爬起，二郎神的神犬已經撲了上來，這一撲，害孫悟空又跌了第二跤。等到孫悟空想爬起來的時候，已經來不及了，他被隨後趕到的梅山六兄弟用綁妖索層層綑住了。

八卦爐練就
火眼金睛

　　孫悟空因為犯了太多罪，所以被玉帝判了死刑，直接押到斬妖臺處死。但麻煩事又發生了，因為不論是用刀子砍、斧頭劈、大火燒，還是雷電打，都奈何不了孫悟空。

　　玉皇大帝：「我真是會被這隻妖猴活活氣死。」

　　太上老君啟奏：「這隻妖猴因為先吃蟠桃，後吃仙丹，所以練就了金剛不壞之身，一般兵器是傷不了他的。我有個建議，不如把他放進我的八卦爐中，燒他個七七四十九天，包管他變成一堆灰燼。」

　　玉帝聽從太上老君的建議，把孫悟空從斬妖臺解下，押往兜率天宮。

　　「你把我金丹都吃光了，現在就把你燒了，用來煉丹。」

　　就這樣，太上老君把孫悟空丟進八卦爐中，把火燒到最旺，並且要看顧八卦爐的仙童小心。

　　八卦爐是按照乾、坎、艮、震、巽、離、坤、兌

八卦排列而成的，<u>孫悟空</u>雖然不怕火，但八卦爐裡的火不一樣，又純又烈，燒得他東逃西竄，最後好不容易逃到一個沒有火的方位「巽宮」，這個方位因為風大所以無火，只是強風帶來的濃煙把他的眼睛燻傷了，從此患了一個叫「火眼金睛」的毛病。

　　不過因禍得福，此後<u>孫悟空</u>一眼就能看穿對方是人是妖，任何妖魔鬼怪都逃不出他的火眼金睛。

西遊記

真正的老大，
西天如來佛

　　轉眼間，七七四十九天過去了，八卦爐裡一點動靜也沒有，看來孫悟空已經被燒成灰燼了。正當太上老君得意的打開爐蓋時，沒想到孫悟空卻趁機搗著通紅的眼睛跳了出來。

　　憤怒的孫悟空一出來，就氣得踢翻八卦爐，手拿金箍棒，見人就打，一路亂打亂撞，來到了靈霄殿外，和三十六名雷神打了起來。

　　玉帝聽到靈霄殿外有人打打鬧鬧，一問之下原來又是孫悟空，而且聽說這次他簡直就像瘋了一樣，齜牙咧嘴的橫衝直撞，簡直要把天庭拆了。玉帝心想是該拿出王牌的時候了，於是他立刻派人到西方，請如來佛前來幫忙降妖。

　　「各位住手。」頃刻間，如來佛已經到了。

　　天兵天將見如來佛到了，都恭敬的退下。

　　孫悟空：「你是什麼東西，叫我住手就住手，我偏不。」

如來佛面帶微笑：「我是西方極樂世界釋迦牟尼佛，聽說你屢次大鬧天庭，可以說一說你為什麼要這麼做嗎？」

　　孫悟空：「原因很簡單，那就是強者為王，因為我不只會七十二變，還有一個觔斗十萬八千里的好功夫，所以當然應該由我來當天庭的老大。」

　　如來佛笑了笑：「既然你想當天庭的老大，那麼就要打敗我才行。我們來打個賭好了，如果你有辦法翻出我的手掌心，那我就請玉帝讓位給你。如果沒辦法的話……」

　　「如果沒辦法，就任憑你處置。」話一說完，孫悟空立刻跳上如來佛的掌心，招來觔斗雲，流星一般朝西方而去。

　　一路上，孫悟空暗暗嘲笑如來佛是個呆子，他剛才明明說了他一個觔斗就是十萬八千里，居然還敢跟他打這種賭。

　　不知過了多久，孫悟空瞧見前方出現了五根肉色的通天巨柱，心想這應該就是天的盡頭了吧，這下玉帝的位置該換我坐了。

　　為了怕如來佛賴皮，孫悟空在中間柱子寫下「齊天大聖到此一遊」，眼見四下無人，又一時興起，在第一根柱子下撒了一泡猴尿，這才心滿意足的離開，重

西遊記

回靈霄殿。

　　孫悟空：「哈哈，我贏了，我剛才已經到了天的盡頭了。」

　　如來佛：「是嗎？你低頭看看我的手掌。」

　　孫悟空一看，嚇了一大跳，如來佛的中指上居然寫著「齊天大聖到此一遊」，而且大拇指的地方居然還有自己的尿臊味。

　　「怎麼可能？我不信，讓我再試一次。」

　　孫悟空這一跳，正好被如來佛牢牢抓住，直接推往西天門外，壓在一座五指變成的「五行山」下。

　　最後，如來佛在五行山頂貼了一張符，另外又招來一名土地公交代他：「如果這猴子餓了就給他鐵丸子，渴了就給他銅汁，等到他罪刑期滿的時候，自然會有人來救他。」

西遊記

等了五百年，
終於等到唐三藏

　　光陰似箭，日月如梭，不知不覺中，時間已經過了五百年。

　　這一天，有個叫<u>玄奘</u>的法師經過<u>五行山</u>下，<u>玄奘</u>又名「<u>唐三藏</u>」，他正要前往西方<u>天竺國</u>求取<u>三藏真經</u>。

　　走著走著，<u>唐三藏</u>突然聽見有人大叫：「師父快來救我啊！」

　　轉頭一看，這才發現崖壁上冒出一顆猴頭。

　　猴頭說：「師父，您怎麼這麼久才來，害我足足等了五百年。您快救我出去，這座該死的山壓得我腰酸背痛，難受得不得了。只要您把我救出來，我就保護您上西天取經。」

　　<u>唐三藏</u>問：「你為什麼會被壓在這裡五百年，又為什麼知道我要去西天取經？」

　　猴頭把五百年前大鬧天宮，然後被<u>如來佛</u>收服的往事一五一十說

了一遍，接著又把幾天前遇到觀音菩薩的事說給唐三藏聽。

原來，觀音菩薩告訴孫悟空，如果他想出來，就必須拜一個要前往西天取經的僧人為師，並且一路保護他，直到任務完成為止。

唐三藏：「既然是菩薩的安排，我當然很樂意接受，只是我手上既沒有斧頭，也沒有鑿子，要怎麼救你出來？」

猴頭說：「師父您只要到山頂，把如來佛貼的符撕下來，我自然就能出來了。」

唐三藏聽了，半信半疑的爬上山頂，果然看見一張隱隱發光的符，他不敢冒犯，於是對著符拜了幾回之後，才輕輕撕下。

符一撕下，就聽見底下的猴頭大叫：「師父，我要出來了，您快走，走得越遠越好。」

唐三藏聽了，急忙下山往東跑，一連跑了十幾里之後，突然聽見一陣山崩地裂的巨大聲響，嚇得他搗住耳朵，閉上眼睛。等到聲響過去，他再睜開眼睛的時候，孫悟空已經來到唐三藏的面前，

拉著他的手又叫又跳了。

　　「師父，我出來啦，我終於出來啦，謝謝您。」

　　就這樣，<u>唐三藏</u>收<u>孫悟空</u>為徒，並且幫他取了一個叫「孫行者」的外號，兩個人就這麼一前一後，一個人在前頭蹦蹦跳跳帶路，一個人在後面騎著馬，往西方而去。

天不怕地不怕，
就怕緊箍咒

　　這一天，唐三藏師徒正在趕路。突然間，樹林裡跳出來六個強盜，一個個凶神惡煞，手裡不是拿刀就是拿槍，其中一個叫道：「和尚，哪裡走！還不趕快下馬，把行李留下，大爺們就饒你們一命。」

　　突來的恐嚇把唐三藏嚇得摔下馬，孫悟空把師父扶好之後，笑嘻嘻的說：「師父別怕，他們是給我們送好東西來了。」

　　唐三藏不解：「悟空，你是不是搞錯了？」

　　孫悟空：「師父，你好好坐在馬背上，別再跌下來，待會兒你就知道了。」

　　孫悟空轉身對強盜說：「把你們搶來的錢財拿出來分一分，我就饒你們一命。」

　　強盜聽完一愣：「好小子，居然敢開我們的玩笑，不要命了。」說完，拿起刀槍就往孫悟空的腦袋一陣乒乒乓乓亂砍，一直砍到虎口都發麻了，才停手說：「這……這和尚的頭也未免太硬了吧？」

　　孫悟空笑嘻嘻的說：「手酸了吧，現在換我了！」說完，從耳朵裡掏出繡花針，迎風晃了晃之後，變成一根碗口粗的金箍棒。

　　強盜們看了大吃一驚，還來不及逃命，就被孫悟空一棒接著一棒，打得腦漿迸裂，當場變成肉餅。

　　孫悟空把強盜的東西搜刮一空，然後拿到唐三藏面前，笑嘻嘻的說：「師父，我說的沒錯吧，他們是給我們送東西來了，只是看起來東西不怎麼樣罷了。」

　　唐三藏臉色發青，直搖頭：「上天有好生之德，就算他們是強盜也罪不至死。」

　　孫悟空辯解：「我如果不殺他們，他們就要殺我們，況且是他們先砍我的。」

　　唐三藏：「就算我死了，也只是一條人命而已，如今你居然一下子就害死了六條人命，出家人慈悲為懷，你根本沒有資格當出家人……」

　　孫悟空天生猴脾氣，見唐三藏嘮叨個不停，瞬間一把火升了上來：「既然我

31

沒有資格當出家人，那正好，西天你就自己去了，我不玩了。」

　　說完，孫悟空往上一跳，消失得無影無蹤。

　　唐三藏嘆了口氣，心裡雖然有點難過，但只當他們師徒無緣，繼續一個人孤伶伶的往西行。走了沒多久，前方來了一個怪怪的老婆婆，手裡拿著一頂花帽，見了唐三藏劈頭就說：「長老啊，我這兒有一頂帽子送給你的徒弟吧！」

　　唐三藏：「我是有個徒弟，但他……他已經走了。」

　　老婆婆：「不用擔心，我猜你的徒弟很快就會回來。如果他回來了，你就把這頂帽子給他戴，如果他又耍脾氣，你就唸『緊箍咒』，他就不敢亂來了。」

　　老婆婆教完唐三藏緊箍咒之後，隨即化作一道金光，往東方而去。

　　「原來是菩薩指點。」唐僧連忙跪拜道謝。

　　話說這頭，孫悟空駕著觔斗雲在空中來來回回，一下子想回花果山水簾洞做他的齊天大聖，一下子又想他既然已經拜唐三藏為師了就不應該棄他而去，一下子又想唐三藏那麼囉嗦實在是受不了，一下子又想

起如來佛和觀音菩薩的教誨……最後，他決定硬著頭皮回去跟唐三藏道歉。

「師父，一切都是我我……不不……」孫悟空忸忸怩怩說不出口。

唐三藏：「別說了，我也有錯，就算我們扯平好了，幫師父把包袱帶著，我們走了。」

孫悟空正要去拿包袱時，看見包袱旁有一頂花帽，便問：「師父，這花帽是你的嗎？還是剛才那批強盜留下來的？」

唐三藏隨口說：「這頂花帽是我小時候戴的，你如果喜歡，就拿去吧！」

孫悟空見花帽可愛，又聽師父這麼說，於是高興的戴了起來。唐三藏見了，立刻唸起緊箍咒。

這一唸不得了，孫悟空抱著頭在地上打滾，嘴裡還直喊「頭疼」，而且還把花帽抓得稀爛，只留下一圈金箍，但這金箍好像長了根似的，緊緊黏在孫悟空的頭上，怎麼拔也拔不下來。

唐三藏見孫悟空痛苦萬分，於心不忍，不再唸緊箍咒，轉而溫和的說：「只要你以後聽話，我就不再唸這緊箍咒。」

33

說也奇怪，<u>唐三藏</u>一不唸咒，<u>孫悟空</u>果真立刻就不頭痛了。

<u>孫悟空</u>見這一切都是<u>唐三藏</u>搞鬼，於是氣得舉起金箍棒，就要往<u>唐三藏</u>的頭上敲下去，嚇得<u>唐三藏</u>又唸起了緊箍咒。

「唉呀，痛死人了。」<u>孫悟空</u>痛得丟下金箍棒，在地上打滾，嘴裡直說：「別唸，別唸了，只要師父您不再唸咒，您說什麼我都聽。」

<u>孫悟空</u>雖然嘴上這麼說，但心裡還是不服氣，直到知道頭上這個痛死人的玩意兒是<u>觀音菩薩</u>送給師父的法寶之後，這才心甘情願的跟隨<u>唐三藏</u>去西天取經。

菩薩送來三根
救命毫毛

　　這一天，唐三藏師徒來到一個叫蛇盤山鷹愁澗的地方。正當他們沿著山谷的溪流趕路的時候，突然從溪裡「咪」的一聲，鑽出了一條白龍，伸出爪子要抓騎在馬上的唐三藏。孫悟空眼明手快，一把將師父抱下馬。白龍撲了個空，於是轉而將白馬一口吞下，然後立刻又潛回溪裡。

　　孫悟空氣得對水面大叫：「臭泥鰍，如果想活命的話，就立刻把我師父的馬還來。」

　　白龍聽到孫悟空罵他泥鰍，氣得鑽出水面和孫悟空打了起來，但白龍不是孫悟空的對手，所以不到三回合，就立刻又潛回到水底去了。

　　不管孫悟空怎麼喊怎麼罵，白龍就是不出來，氣得他用金箍棒把溪水攪得天翻地覆。這一攪，白龍還是沒出現，反倒把山神攪出來了。

　　孫悟空氣呼呼的問山神：「這水底下住的是哪來的怪龍？」

山神說：「大聖，請息怒。你有所不知，這條白龍其實是你的夥伴。」

原來，這條白龍是西海龍王的三太子，因為犯了天條，所以菩薩罰他陪取經人到西天取經。

孫悟空：「原來如此，既然是自己人，那就好說話，你去把他叫出來吧！」

山神：「小神沒有這個能耐，恐怕要觀音菩薩才有辦法。」

孫悟空：「真麻煩，可是我這一走，我師父沒人照顧。」

正當孫悟空左右為難的時候，遠遠的，觀音菩薩駕著祥雲從天邊慢慢的降了下來。菩薩一到，白龍立刻從水底下鑽了出來，跪在菩薩面前。

觀音菩薩：「玉龍，我叫你在這裡等取經人，你倒好，居然把對方的坐騎吃了。」

白龍瞄了猴模猴樣的孫悟空一眼：「菩薩饒命，我不知道他們是取經人，我以為他們是……妖怪。」

孫悟空：「你才是妖怪。」

觀音菩薩：「也罷，這是天意。既然你吃了三藏的馬，那我就罰你變成一隻龍馬，載著三藏跋山涉水到西天取經。」

說完，觀音菩薩將沾了甘露的楊柳，往白龍身上

一拂，並且喝了聲「變」之後，白龍瞬間變成了白馬。

隨後，觀音菩薩又從楊柳上摘下三片葉子，插在孫悟空的後腦杓：「悟空，萬一遇上麻煩，它們可以幫你渡過難關。」

菩薩話一說完，柳葉瞬間變成了救命毫毛。

看著眼前英姿煥發的龍馬，再摸摸後腦杓的三根救命毫毛，孫悟空歡歡喜喜的向觀音菩薩道謝之後，帶著師父繼續上路了。

西遊記

三十六變的
色鬼豬八戒

　　離開蛇盤山，繼續往西走，過了一兩個月之後，唐三藏師徒來到了烏斯藏國的高家莊。

　　只是高家莊上上下下每個人看起來都一臉憂愁，不知道發生了什麼事。一問之下才知道三年前，這裡來了一個妖怪，強占了莊主的女兒。雖然莊主曾暗地裡找來幾個自稱有法力的和尚道士，誰知道來的都是一些膿包，三兩下就被妖怪嚇跑了。

　　孫悟空一聽有妖怪，興奮得不得了，立刻自我推薦：「我們是大唐來的法師，什麼都不會，就是會降妖伏魔。」

　　莊主看孫悟空長得尖嘴猴腮，於是心裡嘀咕：不會吧，莊裡已經有一個豬頭大耳的妖怪趕不掉了，現在又來了一個雷公臉的妖怪。

　　孫悟空看穿莊主的心思：「老頭子，你都多大了，還以貌取人，我老孫醜歸醜，但本領卻是一等一的。」

　　莊主一驚，他沒想到對方居然能看穿他的心思，

再加上他的師父看起來相貌堂堂，不像是會騙人的樣子，於是這才稍稍相信孫悟空的話，決定讓他們來試一試，反正也沒損失。

莊主說：「這個妖怪當初剛招贅來的時候，還一副人模人樣。但沒隔多久之後，他就慢慢變成一副長嘴大耳的怪模樣，一頓飯就吃掉我三五斗米，來時一陣風，去時一陣沙，真是把我們嚇死了。你想想看，這樣的人怎麼能嫁，我當然反悔了。沒想到他一氣之下，居然把我女兒關在後廂房，也不知道是死是活。所以我才想找個高明的法師來收伏他。」

孫悟空聽完，哈哈大笑：「原來是個豬精，沒問題，看我的。」

莊主帶著孫悟空來到後廂房，門鎖被妖怪灌入銅汁，打不開。孫悟空用金箍棒一搗，房門應聲而開，莊主看見女兒翠蘭還活著，兩人抱頭痛哭。

孫悟空：「好了，要哭到別的地方哭，我要辦事了。」

送走莊主父女，孫悟空變成翠蘭的模樣，坐在床上等豬精回來。

等到天黑，屋外突然刮起一陣風沙，隨後空中跳下來一個妖怪，方頭大耳、豬鼻子、老鼠眼睛，果然是隻豬精。

豬精一進門，就聽見小姑娘的嬌喘聲，而且還背

對著他躺在床上。

豬精:「唉呀,我的寶貝,妳怎麼了?是生病了,還是嫌我回來的晚?」

假姑娘:「哼,都怪你。今天我爹隔著窗戶罵了我一頓,他說我嫁了一個醜老公也就算了,沒想到這個醜老公還沒名沒姓的,也不知道打哪來的,害他在親戚面前抬不起頭來。」

豬精:「原來是這回事,老丈人的記性還真差,我明明跟他說過,我以相貌為姓,所以姓豬,全名叫豬剛鬣,家住福陵山雲棧洞。」

真是一頭笨豬!假姑娘忍住笑意,繼續說:「我爹還說要找法師來抓你。」

豬精:「我才不怕,我不只會三十六變,而且還有九齒釘鈀,誰奈何得了我。」

假姑娘:「我爹說他請了一個叫什麼齊天大聖的,五百年前大鬧天宮的人要來抓你。」

「什麼?是那隻猴子。」
豬精一聽孫悟空要來,
嚇了一大跳。

假姑娘:「怎麼?
你怕了?」

豬精:「哇!如果真

是那隻猴子的話，那可不得了，我就算再厲害也打不過他。小姑娘，看來我們今生無緣了，我得逃命去了。」說完，轉身就要走。

　　孫悟空眼看豬精要走，立刻抹了抹臉，變回原來的模樣，並大喝一聲：「哪裡走！看看我是誰。」

　　豬精一看，剛才嬌滴滴的小姑娘突然變成了一個滿臉長毛的雷公臉猴子，嚇得他腿都軟了。

　　「你是……孫悟空？」

　　孫悟空一把拉住豬精的衣服：「嘿嘿，算你識貨。」

　　豬精嚇得魂飛魄散，用力掙破衣服，化作一陣狂風，逃走了。

　　孫悟空在後頭一邊追，一邊罵：「死豬，看你往哪逃。你如果飛上天，我就追到兜率天宮；你如果鑽入地，我就追到枉死城。你這個吃廚餘的笨豬……」

　　豬精一路逃，一路躲，還得一路忍受孫悟空的辱罵，最後眼看實在逃不了，同時也被激怒了，於是決定取出九齒釘鈀跟他拼了。

　　豬精惱羞成怒：「少瞧不起人了，我老豬當年可是堂堂的天篷大元帥，又高又帥，要不是在蟠桃會上喝

醉酒調戲嫦娥，也不會被玉帝貶下凡，投錯胎，變成如今這副模樣。你這隻石頭裡蹦出來的野猴子，造反的弼馬溫，不管是出身還是官階都比我低，居然還敢瞧不起我，看我一鈀耙死你。」

孫悟空：「好大的口氣，我看你拖著這支什麼鈀的，還以為你是種菜的長工咧。」

豬精：「可惡，瞧不起我也就算了，居然還瞧不起九齒釘鈀，這寶貝可是從太上老君的爐子裡鍛鍊出來的，就算你是銅頭鐵腦，一樣能搗出好幾個窟窿。」

孫悟空：「笨豬，少吹牛了。我老孫就把頭伸出來讓你搗，看你能搗出幾個窟窿。」說完，真的把頭伸了出去。

「這可是你自找的。」豬精見機不可失，高高舉起釘鈀，使盡吃奶力氣，朝孫悟空的頭殼一下、兩下、三下……重重敲了下去。「框──」，只見鈀齒迸出幾點火花，好像敲在比銅鐵還堅固的金屬上，孫悟空一點事也沒有，反倒是自己的虎口都被震麻了。

「夠不夠？還要不要多耙幾下？」孫悟空嘻嘻笑。

豬精頹喪的說：「算了，我認輸了。不過為了死得瞑目，我有件事不明白，我記得五百年前你大鬧天宮時，明明住在花果山水簾洞，怎麼現在會出現在這裡？難道是我老丈人千里迢迢去把你請來的？」

孫悟空：「當然不是啦，算起來合該是你倒了八輩子的楣，我是陪我師父去西天取經的，今天剛好路過這裡，聽莊裡的人說這裡鬧妖怪，我才一時手癢，順便過來玩玩的。」

豬精聽完，立刻丟下釘鈀，又是哈腰又是行禮：「唉呀，原來是師兄啊，我等你好久了。」

「師什麼兄？別耍詐。」孫悟空說。

豬精把觀音菩薩收服他之後，囑咐他的話對孫悟空講了一遍。

孫悟空半信半疑：「你該不會是為了脫身，才胡亂瞎掰的吧？」

豬精見孫悟空不信，立刻跪下來發誓：「阿彌陀佛，我老豬如果說謊，就遭五雷轟頂。師兄，請你帶我去見師父吧！」

孫悟空歪頭想了想：「行，只要你願意答應我兩件事。」

豬精：「那有什麼問題，就算一百件也行。」

孫悟空：「第一、自己點把火，把你的窩燒了，代

表你真的下定決心重新做人了。第二、把九齒釘鈀交給我，我怕你突然發起豬癲，將我師父一鈀打死，那我不是虧大了。」

豬精點頭一一照辦之後，孫悟空還是不放心的從身上拔下一根毫毛，變成一條繩索，把豬精五花大綁起來，這才放心的揪著他的豬耳朵去見師父。

豬精一見到唐三藏，立刻跪下來哭訴：「師父，我叫豬悟能，這個法號是菩薩幫我取的，自從他叫我在這兒等一個取經人之後，我就每天心心念念，東盼西望的，不知道等得有多苦啊，您怎麼這麼晚才來？」

孫悟空看豬精這麼諂媚，忍不住嘲諷了他幾句：「哼，我們的確來晚了，才讓你有機會調戲高莊主的女兒。」

唐三藏一聽說豬精是菩薩幫他收的徒弟，立刻叫悟空幫他把繩子解了，並親手扶他起來：「既然你已經答應菩薩，拜在我佛門下，那麼以後就再也不能吃葷食，近女色了。為了隨時讓你有個警惕，我就幫你取個別名，叫『八戒』好了。」

隔天，唐三藏一行人拜別高莊主，繼續西行。

臨走前，豬八戒偷偷摸摸的挨到高莊主身邊說：「老丈人，你可要好好照顧我的老婆，萬一取經不成，我一定會還俗回來當你的女婿的。」

西遊記

　　耳尖的孫悟空聽到了，狠狠搗了豬八戒的耳朵一下：「笨豬，一天到晚胡說八道。」

　　豬八戒一邊揉耳朵，一邊嘀咕：「誰胡說八道了，萬一和尚沒當成，老婆又跑了，那不是虧大了？」

　　唐三藏笑了笑，他知道有了這兩個愛拌嘴的徒弟之後，西天取經的路就不寂寞了。

流沙河骷髏
水怪沙悟淨

　　這一天，唐三藏師徒來到了流沙河。

　　這條河不只波濤洶湧，而且還一望無際，正當眾人苦惱該怎麼渡河的時候，河裡突然冒出了一個胸前掛了九顆骷髏，手拿寶杖的水怪，直直的朝唐三藏撲了過來，幸好孫悟空眼尖，一把抱開師父。

　　豬八戒見狀，立刻上來幫忙。就這樣，豬八戒和骷髏水怪，一個舞動釘鈀，一個揮動寶杖，兩個人一來一往，連續打了二十幾回合，還是不分勝負。

　　孫悟空護著師父在一旁觀戰，看著看著就手癢了起來，忍不住抽出金箍棒，大叫一聲，朝骷髏水怪的頭一棒打下去。

　　骷髏水怪心一慌，自知不是孫悟空的對手，立刻轉身，跳入流沙河裡。

　　豬八戒看骷髏水怪落荒而逃，得意的對著河面大叫：「哈哈，打不贏就逃的人是龜孫子。」說完，還轉頭埋怨孫悟空：「師兄，都是你啦，我明明就快速到他

了，都是你插手，才讓他逃走的。」

孫悟空冷笑：「笨豬，如果你真的這麼行，怎麼不追下去？」

豬八戒不服氣：「師兄，你別瞧不起人，這小小的流沙河一點都難不倒我。想當年我老豬可是管理天河，帶領八萬水兵，長得又高又帥的天篷大元帥，我只是怕這河裡不只一隻妖怪，萬一裡頭藏了幾千幾萬隻妖怪，我不就死定了。」

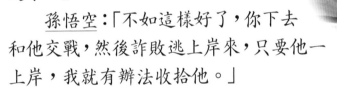

孫悟空：「不如這樣好了，你下去和他交戰，然後詐敗逃上岸來，只要他一上岸，我就有辦法收拾他。」

豬八戒：「那這筆功勞算誰的？」

孫悟空：「算你的。」

豬八戒覺得這個買賣划得來，於是立刻脫下外衣，跳下河裡，大聲嚷嚷：「龜孫子，你爺爺我來了，還不趕快出來迎接。」

骷髏水怪看只有豬八戒一個人下來，膽子也就大了，抓起寶杖就朝他劈了過去：「你才龜孫子，我可是堂堂玉帝身邊的捲簾大將軍。」

豬八戒邊打邊說：「少吹牛了，捲簾大將軍不在天上逍遙，跑來這個流沙河受苦幹嘛。」

骷髏水怪說：「你這豬頭大臉的妖怪懂什麼，不跟你說了。我有任務在身，別來妨礙我。」

豬八戒：「嗟，明明自己是妖怪，居然還說別人是妖怪。好，我就說出來讓你嚇一跳……」

豬八戒把他從天篷大元帥，到如今拜在唐三藏門下，準備去西天取經的事一五一十說了出來，中間跳過了戲弄嫦娥和投錯豬胎這兩件事。

骷髏水怪聽了，臉色大變，原本舞個不停的寶杖，突然停在半空中。

豬八戒：「怎麼了，自卑了吧，我就說你才是妖怪，我不是。哈哈哈。」

原來，骷髏水怪真的是玉帝身旁的捲簾大將軍，因為打破了一只玉杯，被貶到這條流沙河受罪，不過日前他已經受了菩薩點化，改名「沙悟淨」，在此等候一名取經人。

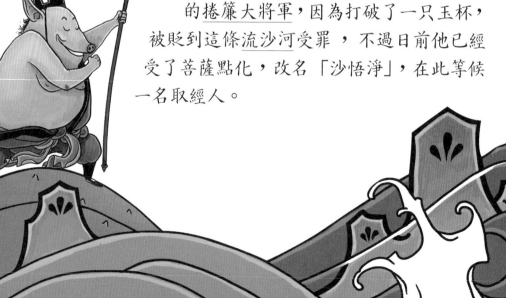

豬八戒一聽，也放下釘鈀，興奮的直說：「白打了，白打了，原來是師弟啊！」

且說另一頭，孫悟空正焦慮的頻頻往水面瞧：「這個蠢豬該不會是死在河裡了吧？」

正當孫悟空急得想下水瞧瞧的時候，豬八戒分開水道，一臉賊兮兮的出現了。

眼前的景象嚇了孫悟空一大跳，原來水怪全身上下五花大綁，被豬八戒揪著耳朵拉上岸來。

豬八戒一上岸，就急著找師父邀功：「師父，我打敗妖怪囉。不只這樣，我還成功的勸他改邪歸正，叫他拜你為師呢。」

「哼，愛吹牛。」孫悟空說。

就這樣，唐三藏收了水怪沙悟淨為徒，並且幫他取了個「沙和尚」的別名。

稍後，沙悟淨取下胸前的九顆骷髏，往流沙河一拋，說也奇怪，骷髏一碰到水立刻變成了一艘法船，載著唐三藏師徒平安的渡河了。

孫行者三戲

金銀角大王

走著走著，也不知道經過了多少日子。這一天，唐三藏師徒正要翻越一座險峻的高山。

一路上，不管唐三藏師徒走到哪，都有人對著他們尖叫，然後落荒而逃。一開始，眾人也不以為意，只當自己長得怪，還互相開彼此的玩笑。

孫悟空：「笨豬，你又嚇到人了，我建議你把豬耳朵摺一摺，豬鼻子捲一捲，放到包袱裡藏起來。」

豬八戒：「師兄，不是我愛說，你那尖嘴猴腮，滿臉長毛的雷公臉才嚇人咧，你要不要我幫你把臉上的毛統統拔掉。」

但如果每個人都這樣大驚小怪，就有點不太尋常了。

這時，前方又來了一個樵夫，他也和眾人一樣，一看見唐三藏師徒，就嚇得連肩上的柴都不要了。

孫悟空發覺不對勁，上前攔住樵夫：「大叔，你在怕什麼？是我們長相怪，嚇著你啦？」

樵夫渾身發抖：「你……你是孫悟空吧？」

孫悟空：「你怎麼知道我的名字？」

樵夫說：「我不只知道你叫孫悟空，我還知道那個大耳朵的是豬八戒，禿頭的是沙悟淨，騎在白馬上的是唐三藏。」

「哈哈，看來我們的名氣可真不小。」豬八戒一臉得意。

樵夫說，這座山裡住著兩個神通廣大的妖怪，前幾天，妖怪把你們四人的畫像貼在各個重要出入口，並且放出風聲要活吃唐三藏。

原來，不知道從哪傳出來的消息，只要吃了唐三藏的肉就可以長生不老。

孫悟空心想，真是不識貨的笨蛋，想要長生不老應該吃我吧，我老孫可是吃過蟠桃、吞過金丹、灌過仙酒的，我師父不過是個凡人罷了。

唐三藏一聽說妖怪要吃他的肉，嚇得渾身發抖：「悟空，現在該怎麼辦？」

「師父，不用擔心，我有一個好法子可以通過這座山，不過這個法子需要師弟的幫忙。」孫悟空說。

豬八戒：「那有什麼問題，師弟一定會幫你的忙的。悟淨，你說對不對？」

孫悟空搖搖頭：「笨豬，我說的師弟是你。」

唐三藏：「悟空，你有什麼好法子快說。不管是八戒，還是悟淨，一定都會全力幫你。」

孫悟空：「這個法子需要八戒聽我的話去做兩件事，第一件事是看顧師父，第二件事是巡山。」

豬八戒：「師兄，你有沒有搞錯，一個人怎麼可能同時做這兩件事。」

孫悟空：「那你挑一件好了。」

豬八戒想了想，看顧師父只要用眼睛就好了，巡山就要勞動雙腳，所以他二話不說就選了看顧師父。

孫悟空：「好，既然你選看顧師父，那我有幾件事要交代你。師父騎馬，你就得拉韁繩；師父走路，你就得攙扶；師父餓了，你就得去化緣……。如果師父跌倒了、餓了、瘦了，你都得挨打。」

豬八戒大驚：「等等等……，我剛才說錯了，我選的是巡山。對了，山怎麼個巡法？」

見豬八戒一副懶鬼的模樣，孫悟空差點笑了出來：「你只要到山裡晃一圈，打聽一下，這山有多少山洞，多少妖怪，妖怪屬不屬害就行了。」

豬八戒：「行行行……，勞動勞動雙腿而已，沒問題。」說完，就扛起釘鈀，

挺著大肚子，精神抖擻的走了。

　　見豬八戒走遠，孫悟空忍不住嘻嘻笑了出來。

　　唐三藏：「悟空，你又捉弄你師弟了。」

　　孫悟空：「師父，我敢打賭八戒這傢伙一定不會去巡山，他一定是隨便找個地方睡覺，最後再隨便撒個謊騙我們。不信的話，我跟去看看就知道了，萬一我冤枉他，或他遇到妖怪了，我也好助他一把。」

　　唐三藏半信半疑：「去吧，不過別捉弄你師弟就是了。」

　　孫悟空應了聲「好」之後，搖身一變，變成一隻小蟲子，追上豬八戒，躲在他的後腦杓鬃毛裡。

　　豬八戒邊走邊回頭看，直到完全看不到師父的身影時，才大膽的指天劃地罵了起來：「這個該死的弼馬溫，沒事叫我巡什麼山，老豬我偏不巡，我偏要找個地方好好睡上一覺，回去再告訴你們這座山一共有九個山洞，九個妖怪，不過算他們倒楣遇上我的九齒釘鈀，一耙打死一個，如今九個妖怪全死光了。」

　　豬八戒用釘鈀耙出一塊草地，正準備舒舒服服睡上一覺時，孫悟空故意變成一隻啄木鳥，狠狠的朝豬八戒的長嘴啄了下去。

「哎呀，有妖怪啊！」一開始，豬八戒還以為有妖怪，後來才知道是隻莫名其妙的啄木鳥，不管怎麼趕也趕不走，而且不只啄了他的嘴巴，還啄了他的耳朵、肚子……簡直跟他有仇似的。

大概是占了這畜生的窩了，豬八戒心想。索性他不睡了，起身往前走，約莫走了兩三里路之後，遇到了三塊大石頭。

豬八戒突然發了瘋似的，對大石頭說起話來：「師父如果問我有沒有妖怪，我就說有，一共九個；如果問我這是什麼山，我就說石頭山；問我什麼洞，我就說石頭洞；如果再問我什麼門，我就說鐵葉門。」原來他是在練習待會兒要對師父撒謊的臺詞。

孫悟空知道了豬八戒的詭計之後，立刻趕回去稟告師父，但唐三藏不相信豬八戒會說這種謊。

過了半天之後，豬八戒搖搖晃晃的回來了。

唐三藏：「八戒，辛苦了。」

豬八戒心虛的說：「應該的，應該的，我不去巡山，難道讓師父去？」

57

唐三藏：「八戒，我問你，山裡有妖怪嗎？」

豬八戒：「有，不多不少，一共九個。」

唐三藏又問：「那眼前的是什麼山？山裡有什麼洞？洞裡有什麼門？」

豬八戒喜孜孜：「師父你問得真好，我剛好都知道，眼前的山叫石頭山，山裡有個石頭洞，洞裡有個鐵葉門。」

「唉！」唐三藏聽完，重重嘆了一口氣。

豬八戒：「師父，你嘆什麼氣？如果是擔心妖怪太多的話，那你就白操心了。誰叫這幾個妖怪倒楣遇上我，他們已經被我的九齒釘鈀一耙打死一個，九個全死光了。」

孫悟空聽不下去了，一個箭步上前揪住豬八戒的耳朵：「胡說八道！」

「哎呀，我哪裡胡說八道了？」豬八戒喊疼。

「笨豬，你看看我是誰？」孫悟空使了個神通，

變回啄木鳥。

豬八戒知道事跡敗露，只好低頭認錯。

「笨豬，貪睡也就算了，居然還編了一堆謊話回來騙師父，看我怎麼教訓你。」孫悟空邊說，邊掏出金箍棒，狠狠朝豬八戒的屁股敲了下去。

「哎呀，打死人啦。師父，救命啊！」豬八戒痛得又叫又跳。

唐三藏：「悟空，算了，八戒已經得到教訓了。」

孫悟空：「既然師父求情，那就再給你一次機會，還不趕快去巡山，再讓我發現你偷懶，回來就打斷你的豬蹄子。」

「是是是……好好好……」豬八戒摀著屁股，跌跌撞撞巡山去了。

這一天，山裡的妖怪銀角大王正好帶著三十名小妖，以及唐三藏等人的畫像出來巡山，沒想到正好和豬八戒碰個正著。

豬八戒心底一慌，急忙縮起大肚子、摺起豬耳朵，最後再把豬嘴巴藏進懷裡，低著頭退到路旁，裝成一副恭敬的小老百姓模樣。

突然一個小妖叫道：「大王，這個和尚跟畫裡的豬八戒有點像。」

銀角大王停下腳步，拿著畫像比對，並且對豬八

戒說：「和尚，把嘴巴露出來瞧瞧。」

豬八戒：「不好意思，我天生嘴巴有毛病，伸不出來。」

銀角大王：「哪有這種事，來人啊，去拿個勾子來。」

豬八戒眼看藏不住了，索性把嘴巴全都露了出來，高高舉起九齒釘鈀，大喝一聲：「我就是豬八戒，不怕死的統統過來。」

沒想到對方真的統統圍了過來，豬八戒見對方人多勢眾，於是舉起釘鈀胡亂一揮，轉身就想逃，可惜已經被銀角大王的七星劍擋住去路。

就這樣，豬八戒和銀角大王，一個九齒釘鈀，一個七星劍，兩人打了二十幾回合還是不分勝負。只是豬八戒一心想逃，腳步一下東一下西的，一不小心被地上的藤蔓絆倒。眾小妖見狀全都撲了上來，有人抓豬鬃、有人扯豬尾巴、有人揪豬耳朵……最後像拖死豬那樣，把豬八戒拖回蓮花洞裡了。

眼看過了大半天豬八戒還沒回來，於是孫悟空奉唐三藏之命到處去找他，但不論怎麼找就是找不到，最後索性把山神叫出來問：「你有沒有看到一個豬頭大耳，肩上扛著一支釘鈀的大肚子和尚？」

山神：「大聖，你說的那個傢伙被山裡的妖怪抓走了。」

　　孫悟空一驚，立刻趕回去告訴師父，沒想到回到原處時，師父跟悟淨都不見了。心急的悟空只好再把山神找來：「我再問你，你有沒有看到一個騎著白馬的白淨和尚跟一個胸前掛著九顆骷髏的黑臉和尚？」

　　　　山神：「他們和大肚子和尚一樣，一前一後都被山裡的妖怪抓走了。」

　　孫悟空又惱又氣：「那你剛才怎麼沒有一併告訴我？」

　　山神一臉委屈：「因為……你剛才沒問啊。」

　　孫悟空咬牙罵了聲「蠢貨」之後，說：「罷了、罷了，那我這次多問一點，那些妖怪住在哪？有什麼厲害的武器？」

　　山神說這座山叫平頂山，山裡有個蓮花洞，洞裡住著兩個妖怪，一個叫金角大王，一個叫銀角大王。這兩個妖怪法術中等，只不過身上有兩樣很厲害的寶貝。

　　「什麼寶貝？怎麼個厲害法？」孫悟空問。

　　山神說：「這兩個寶貝一個叫紅葫蘆，一個叫玉淨瓶，基本上功能差不多。只要把瓶口朝地，然後大叫對方的名字，只要對方一應聲，就會立刻被吸進去，

西遊記

這時只要在外頭貼上一張『太上老君急急如律令』的封條，不用一時三刻，對方就會化成一灘血水。」

孫悟空聽完，急忙往空中一縱，不料卻被山神一把拉住。

「大聖想幹嘛？」

「當然是到蓮花洞救我師父。」

「大聖，你剛才不是希望我多說一點嘛。」

「嗯，快說吧。」

山神說，金角、銀角大王現在正派人去接他們的母親到蓮花洞，準備一起吃唐僧的肉。那兩個妖怪的母親身上也有一件很厲害的寶物，叫幌金繩，或許從她身上下手會比較簡單一點。

孫悟空笑了笑：「你倒是不笨嘛，剛才不應該叫你蠢貨的，我知道怎麼做了，謝啦。」

孫悟空聽從山神的建議，三兩下解決了金角、銀角的母親，並且把幌金繩拿到手之後，變身成妖怪的母親，坐在轎子裡，讓幾個毫毛變成的小妖，大搖大擺的抬進蓮花洞裡。

一進蓮花洞，孫悟空就瞧見師父師弟三人被吊在屋頂的樑柱上。

金角、銀角一見母親來了，立刻下跪行禮：「母親大

63

人，孩兒有禮了。」

「哈哈哈——」這時高高吊在樑上的<u>豬八戒</u>突然忍不住笑了出聲，因為他從高處看見了老妖婆屁股後面的猴子尾巴。

<u>金角</u>、<u>銀角</u>聽見笑聲，立刻起了戒心，於是故意問：「娘，好久不見，您還記得我們倆誰是兄，誰是弟嗎？」

假妖婆：「當然知道啦，早出生的是兄，晚出生的是弟。」

「沒錯，但我們的意思是我們哪一個是兄，哪一個是弟？」<u>金角</u>、<u>銀角</u>指了指自己。

假妖婆：「怎麼今天你們淨問一些傻問題，是不是被樑上的笨豬給傳染了。金的值錢，銀的不值錢，所以值錢的是兄，不值錢的是弟。」

<u>孫悟空</u>故意跟<u>金角</u>、<u>銀角</u>打混戰，吃他們的豆腐，但暗地裡已經把幌金繩握在手上了。

同一時間，<u>金角</u>、<u>銀角</u>也發現不對勁了，因為眼前的母親居然長了長長的腿毛，所以他們也暗暗地把紅葫蘆、玉淨瓶拿了出來。

<u>孫悟空</u>發現<u>金角</u>、<u>銀角</u>的手往衣服裡摸，知道不妙，決定先發制人，

拋出幌金繩，嘴裡唸了一下從妖婆那兒偷學來的緊繩咒，把銀角牢牢套住。

沒想到銀角不慌不忙，唸了一下鬆繩咒之後，幌金繩就嘩啦掉了下來。

銀角撿起脫落的幌金繩，往空中一拋，孫悟空一個閃躲不及，牢牢被套住。孫悟空急忙使出瘦身法，沒想到反而被套得更緊。

就這樣，孫悟空也被金角、銀角吊到屋頂的樑柱上。

唐三藏看見連孫悟空也被抓了，難過得直掉眼淚。

「師父，別哭了，世界末日還沒到呢。」孫悟空邊安慰師父，邊轉頭瞪豬八戒：「都是這頭笨豬害的，沒事笑什麼笑，成事不足，敗事有餘。」

「師兄，這不能怪我，誰叫你這個老太婆，屁股後面莫名其妙拖了條猴尾巴。」豬八戒說。

「下次再找你算帳，看我的！」說完這句話之後，孫悟空突然安靜了下來。原來他趁沒人注意時，使了個分身術，留下分身，真身則溜出了蓮花洞。

孫悟空在洞外叫陣：「裡面的妖怪聽著，我是者行孫，來替我哥哥報仇了，識相的就趕快把我哥哥放了。」孫悟空知道金角、銀角寶物的厲害，於是故意顛倒了

姓名。

金角抬頭瞧了瞧樑上的孫悟空：「沒想到這隻猴子還有兄弟。」

者行孫：「怎麼，就你們可以有兄弟，我們不能有兄弟？」

銀角：「我管你是孫行者，還是者行孫，只要我叫你的名字，你敢回答，我就放了你哥哥。這樣好了，我連你哥哥的師父、師弟全都放了，這個買賣划得來吧？」

者行孫偷偷竊笑：「划得來，划得來，這可是你說的，別反悔了。」

雙方各懷鬼胎。

銀角拿出紅葫蘆，瓶口朝地，大喊一聲：「者——行——孫——」

孫悟空心想世界上根本沒有者行孫這個人，所以就算他回應了也不會怎樣，沒想到他一回應，立刻「咻——」的一聲，被吸進葫蘆裡。原來，這個葫蘆厲害的地方在於不管是真名還是假名，一旦回應了，就會被吸進去。

金角、銀角哈哈大笑：「者行孫，果然跟他哥哥孫行者一樣是個笨蛋。」

葫蘆裡一片漆黑，不論孫悟空怎麼闖、怎麼撞就

是出不來。這時，他突然想起山神說的，只要被葫蘆吸了進去，不用一時三刻，就會化成一灘血水。

「不如將計就計好了！」孫悟空先在葫蘆裡撒了一泡尿，然後大叫一聲：「唉呀，我的雙腳化了。」

金角、銀角不為所動，喝酒慶祝。

又過了一會兒，葫蘆裡傳來：「唉呀呀，慘了，我的身子也化了。」

金角、銀角還是不為所動，繼續喝酒慶祝。

最後，葫蘆裡傳來：「唉呀呀呀，完蛋，已經化到嘴巴來了。」

這時銀角終於忍不住了，他問：「大哥差不多了吧？」

金角點了點頭：「是差不多了，但還是小心一點。」

銀角搖了搖葫蘆，然後小心翼翼揭開半個瓶口，裡面只剩下半顆猴頭，以及陣陣的尿臊味。

銀角哈哈大笑：「猴子就是猴子，連血水都這麼腥臭。」

事實上，葫蘆裡的半顆猴頭是假的，真的孫悟空已經化成一隻小蟲飛了出來，並且趁金角、銀角半醉時，使了個神通，變成小妖，把真的葫蘆給掉了包。

就在金角、銀角準備各自回房休息時，外面突然有人大叫：「裡面的妖怪聽著，我是行者孫，來替我的

兩個哥哥<u>孫行者</u>、<u>者行孫</u>報仇了，識相的就趕快把我哥哥放了。」

<u>金角</u>、<u>銀角</u>一聽，嚇了一大跳，急忙搖了搖葫蘆，又抬頭看了看樑上的<u>孫悟空</u>，這才確定外頭這個叫陣的傢伙真的是<u>孫悟空</u>的弟弟。

「我管你是<u>孫行者</u>、<u>者行孫</u>，還是<u>行者孫</u>，只要我叫你的名字，你敢回答，我就放了你大哥、二哥。」<u>金角</u>、<u>銀角</u>故技重施。

<u>行者孫</u>：「那有什麼問題，不過待會兒我叫你的時候，你也要回答喔。」

<u>銀角</u>不知道<u>行者孫</u>為什麼這麼說，只糊里糊塗的回了個「好」之後，便拿出裝人的葫蘆，沒想到這時候<u>行者孫</u>也從袖子裡拿出一個一模一樣的葫蘆。

<u>金角</u>、<u>銀角</u>嚇了一跳：「你……這個葫蘆哪來的？」

<u>行者孫</u>故意胡扯：「你真是沒資格當葫蘆的主人，連她的老公都不認識。」

「胡說八道，葫蘆就葫蘆，哪裡分什麼公母，分明是想吃我的豆腐。廢話少說，仔細聽好了，我要叫你的名字了。」<u>銀角</u>將葫蘆瓶口朝地，大喊一聲：「行——者——孫——」

<u>銀角</u>一連叫了九聲，<u>行者孫</u>也一連應了九聲，但什麼事都沒發生。

不只銀角，連一旁觀戰的金角都嚇壞了：「不會吧，難道這兩個葫蘆真的是夫妻，而且老婆還怕……怕老公不成？」

行者孫聽了，差點笑了出來：「好啦，現在換我叫了，你可別耍賴。」邊說，邊將葫蘆口朝地：「銀——角——大——王——」

銀角心底虛虛浮浮的，一時也不知道該應，還是不該應，於是他轉頭看了看金角，他手裡緊緊握著玉淨瓶，於是大起膽子應了一聲：「銀角大王在此。」

瞬間，「咻」地一聲，銀角大王被吸進了紅葫蘆，行者孫立刻將「太上老君急急如律令」的封條貼上。

「師兄好棒。」樑上的豬八戒忍不住大叫。

金角頓了一下，才聽出豬八戒話裡的意思，原來孫行者、者行孫、行者孫都是同一人，他們受騙了。

「可惡的孫猴子。」

金角和孫悟空打了起來，過程中，金角不停叫「孫行者、者行孫、行者孫」，孫悟空都不應，不過孫悟空叫金角，金角也不應。

「金爐童子——」突然，天上傳來奇怪的叫聲，金角聽到天上的叫聲，先是愣了一下，接著臉色鐵青。孫悟空靈機一動，將葫蘆口朝下，跟著叫了一聲「金爐童子」，金角忍不住應了一聲，隨即「咻」的被吸進

葫蘆裡。

同一時間，太上老君乘著祥雲，從天而降。

「我來晚了。」太上老君說。

孫悟空搖搖手上的紅葫蘆，笑嘻嘻的說：「不會，你來得剛剛好。」

太上老君慚愧的說，這一切都是他的錯，紅葫蘆是他用來裝藥丸的，玉淨瓶是用來盛水的，幌金繩則是用來綁袍子的。至於金角、銀角，一個是幫他看顧金爐子的童子，一個是看顧銀爐子的童子。

「沒想到這兩個傢伙居然偷了我的寶貝下凡來為非作歹。」

太上老君向孫悟空等人道完歉之後，將葫蘆上的封條撕下，倒出兩股仙氣，仙氣一著地，立刻變成金銀童子，被太上老君帶回兜率天宮去了。

拜別太上老君之後，唐三藏師徒四人揹起行李，繼續往西天的旅程。

四海龍王也滅不了
紅孩兒的三昧真火

「救命啊——救命啊——」

這一天，唐三藏師徒在山裡走著走著的時候，突然聽到一陣又一陣淒厲的小孩求救聲。

唐三藏：「徒弟們，前面有個小孩在求救，我們趕快去救他。」

「師父且慢，先讓我用火眼金睛瞧一瞧。」孫悟空舉手齊眉，四下看了看，然後說：「前面是有個小孩被綁在樹上沒錯，但他頭上有股紅色的火氣，我看八成是妖怪。我們不要理他，繞路走吧！」

唐三藏半信半疑，最後聽孫悟空的話轉了個彎，繞過小孩。孫悟空怕唐三藏一時心軟回頭去救小孩，於是偷偷使了個神通，請來附近的山神，來個乾坤大挪移，將前面的山和後面的山對調，左邊的山和右邊的山對調。

然而走著走著，原本漸漸遠去的求救聲突然又回到了前頭。

「救命啊——救命啊——」

不管山怎麼移，求救聲就跟著怎麼移，妖怪和孫悟空偷偷鬥法。

「救命啊——救命啊——」

終於，唐三藏忍不住了，他嘆了一口氣：「悟空，看來我們跟這個小孩有緣，否則為什麼不管我們怎麼走，求救聲都在我們四周轉來轉去。」

孫悟空：「師父，這不是緣分，這是妖怪在玩把戲，你不要被騙了。」

唐三藏：「不行，求救聲就在前面，我們去看一看吧，萬一你搞錯了，不是白白害死一條寶貴的生命嗎？」

唐三藏執意要去看一看，孫悟空也無可奈何，只好跟著去了。

前方樹上，吊著一個光溜溜的小孩，年約六七歲，正哭得稀里嘩啦。唐三藏看了，一邊叫豬八戒去把小孩救下來，一邊責罵孫悟空：「你為什麼這麼沒有愛心，明明是個可憐的小孩，卻硬說是妖怪。」說著說著，又責備起自己：「唉，都是我的錯，沒有把你教好。」

孫悟空怕師父唸緊箍咒，只好低頭不說話。

唐三藏問妖怪：「孩子，你從哪兒來？又為什麼會被綁在這裡？」

妖怪裝可憐：「師父，我家住前面山腳下的小村莊，

昨天夜裡突然來了一群強盜，搶了村子，殺了我爹，帶走我娘，還脫光我的衣服，把我吊在樹上。幸好今天遇到師父，你們一定要救救我。」

唐三藏摸摸妖怪的頭：「不用擔心，我們一定會帶你回家。」說完，轉頭對豬八戒說：「八戒，你身子結實，這孩子就由你來背。」

「可是……我想讓這位大哥哥背。」妖怪指向孫悟空。

豬八戒聽了，高興得不得了：「小朋友，你真識貨，這位大哥哥走起路來一蹦一跳的，你坐在上面像騎馬，有趣得很。」

孫悟空故意說：「那最好，大哥哥就背你到處去玩一玩。」其實他心想，一般妖怪躲他都來不及了，這傢伙不只偷偷跟他鬥法，還想坐在他背上，看來是個愛玩的妖怪，他就跟他好好玩一玩。

孫悟空背起妖怪：「既然你這個妖怪這麼愛玩，老孫就好好陪你玩一玩。」

妖怪故意裝糊塗：「大哥哥，你說什麼？我為什麼都聽不懂？」

孫悟空冷笑：「還裝蒜，一顆大白菜少說也有兩三斤重，然而你卻不到半顆白菜重，難不成你是小白菜?」

妖怪一聽，知道自己曝了光，於是使了個神通，

召來三座大山重重壓在孫悟空背上：「大哥哥，你說我不到半顆白菜重，可是我怎麼看你的腰好像快斷了的樣子？」

突如其來的三座大山壓得孫悟空挺不直腰。

不明就裡的豬八戒還在一旁說風涼話：「師兄，怎麼才背一個小孩，你就累得不成人形？難不成你又要了什麼分身術之類的戲法，原本是你在背小孩，現在卻變成小孩在背你？」

豬八戒見孫悟空鐵青著臉不說話，還以為自己猜中了，立刻向唐三藏告狀：「師父，師兄又在欺負小孩子了，其實你現在看到的師兄不是師兄，小孩子不是小孩子⋯⋯。」

孫悟空本來就滿肚子火，現在豬八戒這一搧風，氣得他當場一個甩身，把背上的三座大山重重摔在地上。妖怪眼見不妙，立刻化成一道紅光，飛到半空中，並且颳起一陣狂風，頓時地上飛沙走石，沒人睜得開眼睛。

待風勢稍稍緩和下來，孫悟空等人張開眼睛時，唐三藏已經不見了。

孫悟空三人在附近來來回回找來找去，就是找不到唐三藏的蹤影。突然，孫悟空大叫一聲「可惡的妖怪」之後，就跳上山頂，變成三頭六臂，揮舞著三根

金箍棒，朝地上亂敲亂打一通。

孫悟空突如其來的舉動嚇壞了豬八戒和沙悟淨，豬八戒還說：「唉呀，不好了，師兄因為內疚而發瘋了，看來我們可以解散，各自回家了。」

這麼敲敲打打之後，方圓幾百里內的山神、土地神全都急忙趕來了：「大聖息怒，小神來晚了。」

「你們派一個代表，把山裡妖怪的來歷說給我聽，快！」孫悟空氣極敗壞。

其中一名山神說：「大聖，眼前這座山叫『六百里鑽頭號山』，山裡有個火雲洞，洞裡住著一個叫『紅孩兒』的妖怪，這個妖怪大有來頭，他的爹娘就是大名鼎鼎的牛魔王和鐵扇公主。雖然紅孩兒外表看起來像個小孩子，但千萬別小看他，他練就了一身的『三昧真火』，非常厲害。」

孫悟空聽完，轉怒為喜。原來五百年前，孫悟空曾和紅孩兒的爸爸牛魔王等六人結拜兄弟，所以紅孩兒也稱得上是孫悟空的姪兒。

孫悟空：「太好了，既然是自己人那就好說話了。悟淨，你留在這裡看守行李。八戒，我們趕快去火雲洞救師父。」

話說另一頭，火雲洞這邊，紅孩兒正叫人把唐三藏洗乾淨，準備用蒸籠蒸了吃時，外面突然有個小妖

匆匆忙忙跑了進來。

小妖：「大王，不好了，不好了，外面有個毛臉雷公和豬頭大耳的和尚嚷著要我們把他們的師父放了，如果我們敢說一個『不』字，他們就要把火雲洞掀了。」

紅孩兒知道孫悟空和豬八戒上門討人了，一點也不害怕，一邊吩咐手下推出五輛小車，按金木水火土方位排好，一邊拿起丈八長的火尖槍，走出洞口。

紅孩兒：「是誰說要把火雲洞掀了？」

孫悟空一看紅孩兒長得唇紅臉白，樣貌和天神哪吒有三分像，一點也不像張牙舞爪的妖怪，再加上他又是牛魔王的兒子，等於是自己的姪兒，因此心底有一股莫名的親切感。

孫悟空笑嘻嘻的說：「賢姪，你可能不知道，我是你爹的結拜兄弟，換句話說，我就是你的叔叔，所以

把我師父放了吧，不要傷了我們叔姪之間的感情。」

紅孩兒：「你這隻狡猾的猴子，滿口胡說八道，看我年紀小就想唬弄我，沒這麼簡單。」

孫悟空：「唉，這也不能怪你，五百年前我和你爹牛魔王結拜為兄弟時，你都還沒出生呢。但我真的是你的叔叔。」

「老潑猴，想占我的便宜，門都沒有。看槍！」紅孩兒舉起火尖槍就往孫悟空刺。

「小畜生，看來你爹把你寵壞了。」孫悟空一閃，提起金箍棒相迎，兩人一來一往，打了二十幾回合。豬八戒眼看師兄一時無法取勝，也舉起九齒釘鈀上前助陣。

紅孩兒眼看自己不是他們兩人的對手，於是退到洞門口，站在其中一臺小車上，握緊拳頭狠狠的朝自己的鼻子揍了兩拳，嘴裡唸動咒語。剎那間，紅孩兒的嘴裡噴出熊熊的大火，鼻裡噴出嗆人的濃煙，不只如此，五輛小車也同時噴出火焰，一時之間，火光四起。

豬八戒怕火，一邊逃一邊哀嚎：「唉呀，我老豬要變成烤乳豬了。」

孫悟空不怕火，嘴裡唸著避火訣，揮舞著金箍棒

朝紅孩兒走去，但越靠近紅孩兒，濃煙就越嗆人，孫悟空受得了火燒，但受不了煙燻，最後只好跳出火海。

沙悟淨見豬八戒和孫悟空一前一後灰頭土臉的回來，嘆氣道：「想不到紅孩兒這麼厲害，連大師兄也治不了他。」

豬八戒不以為然：「說這妖怪厲害，倒也還好，我老豬一個人就可以把他打得喊爹叫娘，倒是這傢伙的三昧真火真夠嗆的，燒得我全身上下的毛，一下子就少了一大半。」

沙悟淨：「既然妖怪用火，那我們何不用水？」

豬八戒：「我的絕活是流口水，師兄的絕活是撒尿，但就這麼一點水夠嗎？」

孫悟空一聽，恍然大悟，立刻招來觔斗雲，躍上雲端：「師弟，你們在這裡等著，我去找四海龍王來幫忙，他們的水足夠把這座山淹了。」

四海龍王見大聖親自來借兵，不敢推辭，於是各自率領了一千蝦兵蟹將，來到火雲洞的上空，等候差遣。

「紅孩兒，你叔叔來了，還不趕快出來迎接。」孫悟空又到火雲洞外叫陣。

「老潑猴，煩不煩啊你。」紅孩兒這次連打都不

想打了，直接使出三昧真火，瞬間火雲洞外一片火海。

「龍王，這次就看你們的了。」孫悟空仰天大喊。

四海龍王一收到孫悟空的命令，立刻下起了傾盆大雨，沒想到這雨一下，不得了，好像把油澆在火上，整座山都燃燒起來了。

這次不管逃到哪，都是熊熊大火，尾巴著火的孫悟空無處可去，只好往河裡跳。這一跳不得了，一下躁熱，一下冰冷，孫悟空瞬間氣血攻心，三魂七魄跑掉了兩魂五魄，整個人暈了過去，差點溺死。幸好豬八戒和沙悟淨即時趕到，才七手八腳的把孫悟空拖上岸。

豬八戒：「真是見鬼了，沒想到這個三昧真火居然不怕水，看來師父死定了。」

沙悟淨：「師兄，不要亂說，我想到有一個人可以治得了這個妖怪。」

豬八戒：「誰？妖怪的爸爸牛魔王嗎？師兄現在這個樣子，恐怕連觔斗雲怎麼坐都忘了，哪有辦法去找牛魔王。」

沙悟淨：「不是牛魔王啦，是觀音菩薩。」

就這樣，豬八戒駕雲往南海的方向而去。

西遊記

話說另一頭，火雲洞這邊，紅孩兒原本想好好吃唐三藏肉的興致都沒了，他心想只要老潑猴沒死，一定又會搬來什麼救兵，他得先解決這隻猴子才有辦法好好的來享用大餐。

這麼想之後，紅孩兒跳到半空中，想看看老潑猴一行人往哪逃了，沒想到正好看見豬八戒急急忙忙往南海的方向而去，嘴裡還直唸著：「救命啊，菩薩。」

紅孩兒冷笑一聲：「哼，你要菩薩，我就給你菩薩。」

「變！」紅孩兒趕在豬八戒的前頭，變成了觀音菩薩在半路上等他，豬八戒遠遠的看見菩薩就高興的亂叫亂拜，把事情來龍去脈說了一遍。

假菩薩：「悟能，紅孩兒是個乖孩子，不可能做出你說的那些壞事，一定是你們得罪他了。」

豬八戒：「不不不，菩薩您有所不知，紅孩兒表面上看起來人模人樣的，但骨子裡壞透了，他打傷我師兄也就算了，那是他活該，但他居然想生吃我師父。」

假菩薩：「那你帶我到妖怪的住處，我來收服他。」

豬八戒領著假菩薩來到火雲洞，豬八戒看菩薩一到火雲洞就直接走了進去，好像回到自己的家似的，於是也跟著大搖大擺走了進

去，走著走著，突然一口布袋從半空中罩了下來。

眼前一片黑的豬八戒驚慌大叫：「救命啊，菩薩。」但他卻聽到菩薩哈哈大笑：「小妖們，待會兒去把我爹接來，他兒子今晚要煮唐三藏和豬八戒大餐，好好孝敬他老人家。」

孫悟空醒來之後，知道豬八戒去南海請觀音菩薩出馬收服紅孩兒，不過已經過了大半天還沒消息，心裡覺得不妙，於是拖著疲累的身子到火雲洞外打探消息。

一到火雲洞，孫悟空就看見一胖一瘦兩個小妖高高興興出門，於是變成一隻蒼蠅偷偷跟在他們後面打聽消息。

胖小妖說：「這個豬八戒還真是笨，居然還把大王當成觀音菩薩請來火雲洞，簡直是自投羅網嘛。晚上吃大餐的時候，千萬不能吃他，以免變得跟他一樣笨。」

瘦小妖：「你不吃豬八戒，難道想吃唐僧？唐僧全身上下才那麼一點肉，大王和老大王一人一口就沒了，哪輪得到我們。好了，少廢話了，有什麼就吃什麼。趕快去把老大王請來火雲洞要緊。」

孫悟空聽了靈機一動，既然這個妖怪變成菩薩騙我師弟，那我何不以其人之道，還治其人之身，於是火速趕到小妖前頭，搖身一變，變成牛魔王。

胖瘦兩名小妖不察，糊里糊塗的就把半路遇到的牛魔王迎回火雲洞了。

　　紅孩兒一見到牛魔王立刻跪下來：「爹，孩兒給您請安了。」

　　「乖兒子，沒想到幾天沒見，你變得這麼有禮貌。」假牛魔王差點忍不住笑了出來。

　　紅孩兒不知道父親為什麼突然這麼說，因為他們已經很久沒見了，而且他對父親一向很有禮貌。

　　「爹，今天之所以請您來，是因為……」紅孩兒把捉拿唐僧、豬八戒的事情始末說給假牛魔王聽，說完，還轉身吩咐下人：「時候差不多了，可以將唐僧、豬八戒下鍋了。」

　　假牛魔王一聽，臉色大變：「等等，我我……」

　　紅孩兒：「爹，您怎麼了？」

　　假牛魔王：「嗯……是這樣的，最近因為年紀大了，所以決定做一點好事，免得以後下地獄受苦，但又一時不知道該做什麼好事，只好學外面的和尚唸一點阿彌陀佛，吃一些素菜。」

　　紅孩兒聽到平時天不怕地不怕的父親居然說出因為怕下地獄而吃齋唸佛的話之後，心底起了疑心，於

是故意問：「爹，您帶禮物來了嗎？」

「禮物？什麼禮物？」

「您忘了嗎？今天是我的生日，每年您都會買禮物送我的啊！」

「唉呀，我的記性實在越來越差了，居然把你的生日忘了，改天一定好好補償你。」

紅孩兒冷笑：「不用了，雖然您把孩兒的生日忘了，但我可沒有忘記您的生日，來人啊，去把我準備好的生日禮物推出來。」說完，對小妖使了個暗號。

假牛魔王：「這麼巧，今天也是我生日？你看看我的記性，連我們父子同一天生日我都忘了。不過既然是兒子送的禮物，那我就不客氣囉。」

只是沒想到小妖們從房間裡面推出來的禮物竟然是……那五臺會噴火的小車。

「臭猴子，」紅孩兒大喝一聲：「敢捉弄我，什麼生日不生日的，明年的今天就是你的忌日。」

孫悟空見自己的身分曝了光，立刻變成一道金光飛走。

「沒想到這個紅孩兒這麼難纏，我到底該怎麼辦才好？」孫悟空猛抓自己的後腦杓，抓著抓著，他突然摸到三根硬硬的東西，那是菩薩送他的救命毫毛。

「有了！」孫悟空拔下其中一根救命毫毛，菩薩立刻出現在他的面前。

「悟空，怎麼了？」菩薩問。

孫悟空又比手又劃腳的把事情的來龍去脈說了一遍。

菩薩聽到紅孩兒假扮他的事，竟然氣得把手上的淨瓶往海裡丟。孫悟空一愣，他從沒見過菩薩發這麼大的脾氣，居然氣到把自己的寶貝丟了。

孫悟空下海，想幫菩薩把淨瓶撿回來。

孫悟空使盡吃奶的力：「怪了，這淨瓶居然被大海『黏』住了。」原來不過才一會兒的時間，淨瓶已經裝進一整座大海的水了，難怪他拿不動。

菩薩笑了笑，走上前，輕鬆的拿起淨瓶，然後唸了個咒，變出了一座千葉蓮臺：「悟空，上來吧！」

剎那間，菩薩和孫悟空來到了火雲洞。

菩薩先叫來山神和土地神，請他們把這座山上的其他生物送到安全的地方，隨後將淨瓶裡的海水全都倒了出來。

菩薩：「悟空，去把那妖怪引來。」

孫悟空應了一聲「好」，立刻舉起金箍棒打進火雲洞，邊打還邊喊：「乖兒子，你參來了，還不趕快出來迎接。」

「可惡，又是這隻老潑猴！」紅孩兒手持火尖槍，衝了出來。

出了洞口，紅孩兒沒看到孫悟空，反而看到盤手盤腳坐在千葉蓮臺上的觀音菩薩。

紅孩兒：「哼，我還以為這隻潑猴又來討打，原來是搬了救兵來啊！誰來都一樣，你有什麼本事就使出來吧！」

不管紅孩兒說什麼，菩薩都好像沒聽到似的，依舊閉眼盤坐在千葉蓮臺上。

「裝聾作啞，看槍！」紅孩兒舉槍朝菩薩刺了過去。

說時遲，那時快，菩薩突然變成一道金光，飛上雲端。

紅孩兒：「哈哈，看來這個菩薩跟孫悟空一樣，也是膿包一個，手腳的功夫不怎麼樣，逃跑的功夫卻很了不得，只是這個菩薩比那隻潑猴還遜，光顧著逃命，東西都忘了帶了。」

看著眼前金光閃閃的千葉蓮臺，紅孩兒忍不住好奇，坐上蓮花臺，學菩薩盤起手腳來。

雲端上的菩薩見紅孩兒中計，笑了笑之後，用楊柳枝往下一指。瞬間，千葉蓮花變成了千刀蓮花，刺穿紅孩兒的下半身，血流滿地。紅孩兒痛得大叫，正想爬起來的時候，菩薩又用楊柳枝往下一指，瞬間，

西遊記

刀尖長出了倒鉤，紅孩兒越想爬起來，就被刺得越深。

紅孩兒：「唉呀，痛死我了，我投降，要我做什麼都可以，只要趕快把這玩意兒收起來。」

菩薩：「你願意跟我修行去嗎？」

紅孩兒想都沒想，就猛點頭：「願意！願意！」

菩薩見紅孩兒點頭，從袖裡拿出一把剃刀，將他剃成了個光頭，只留下三撮毛髮，最後再將千刀蓮臺變回千葉蓮臺。

說也奇怪，隨著蓮臺變了回來，紅孩兒身上的傷口也跟著消失不見了。

紅孩兒一脫身，立刻拿起火尖槍偷襲菩薩：「可惡的傢伙，居然敢用計騙我，還把我剃成光頭。」

菩薩不慌不忙，從袖裡拿出一個金箍圈，往紅孩兒身上一拋，剎時一個金箍圈變成五個金箍圈，分別套住他的頭，以及雙手雙腳。

孫悟空知道這玩意兒的屬害，故意閃得遠遠的。

菩薩笑了笑：「悟空別怕，這是金箍咒，不是緊箍咒。」隨後，唸起了金箍咒，痛得紅孩兒在地上打滾。

「投降，我投降了。」

菩薩一停止唸咒，紅孩兒立刻撿起火尖槍又刺了過來。

孫悟空：「這紅孩兒比我老孫還野，還難馴服。」

菩薩也不生氣，將楊柳枝沾了甘露之後，灑向紅孩兒，叫了聲「合！」之後，紅孩兒瞬間丟了槍，雙手合於胸前，像被什麼給牢牢黏住似的，怎麼樣也分不開。

這次，紅孩兒終於不再反抗了，因為他知道菩薩的法力比自己強太多了，他心悅誠服的磕頭跪拜。從此成了菩薩身邊的散財童子，跟著菩薩回南海普陀山修行去了。

在菩薩的協助下，唐三藏師徒終於有驚無險的渡過了這一難，高高興興的啟程，繼續西行，但他們萬萬沒想到收服了紅孩兒，卻也因此得罪了他的父母牛魔王和鐵扇公主，前方還有更艱困的旅程在等著他們。

虎仙、鹿仙、羊仙大鬥法

　　這一天，<u>唐三藏</u>師徒一行人來到一個叫<u>車遲國</u>的地方。

　　<u>唐三藏</u>：「徒弟們，你們有沒有發現一件奇怪的事？」

　　<u>孫悟空</u>點點頭：「嗯，發現了。」

　　「發現了。」<u>沙悟淨</u>也點點頭。

　　只有<u>豬八戒</u>什麼都沒發現，他抬起頭看一看：「要下雨了嗎？」往左右看一看：「要吃飯了嗎？」突然，他發現前面有一座富麗堂皇的道觀，道觀外面正在施工，有好幾十名和尚在大太陽底下，又挑磚，又砌牆的：「太好了，原來是落腳休息時間到了。」

　　<u>唐三藏</u>搖搖頭：「為什麼這個國家的佛寺又小又破，但道觀卻又大又氣派？還有，為什麼工作的都是和尚，監工的全是道士？」

　　<u>豬八戒</u>再仔細一看，果然有三個道士揮著鞭子在監督和尚工作。

孫悟空：「這的確有點詭異，我混進去問看看。」說完，他變成一個道士，走近一名靠著牆喘氣休息的和尚。

和尚一看到道士走近，一臉驚慌：「不要打我，不要打我，我只是……只是實在太累了，我馬上回去工作。」

假道士：「不要怕，我不是監工，我是鄰國來的道士，我只是很好奇，為什麼這個國家的和尚不在廟裡唸佛、拜佛，卻統統跑出來工作，搞得跟奴隸沒兩樣？」

和尚聽了，話都還沒說，眼淚就先掉了下來：「你有所不知，這是我們國家的規定，和尚必須給道士當奴隸使喚。」

假道士一驚：「有這回事？為什麼你們不起來反抗，或乾脆逃走呢？」

和尚搖搖頭，嘆氣道：「國王在全國各地貼出告示，只要有人捉到企圖逃亡的和尚就賞銀五十兩，至於被捉到的和尚就當場處死。你說看看，在這種情況下，還有誰敢逃亡。」

假道士又驚又怒：「處死？可惡，這個國家根本把我們和尚當成畜生了嘛。」

和尚：「我們和尚？」

假道士：「不對，是你們和尚，我是道士。為什麼

會這樣呢，有原因嗎？」

　　和尚點點頭說，二十年前，車遲國發生了大旱災，那時候這個國家還很尊敬和尚，只是不管和尚怎麼努力唸佛祈禱，老天就是不下雨。後來，來了三個叫虎力大仙、鹿力大仙、羊力大仙的老道士，他們的法力高強，一作法，原本萬里無雲的天空居然嘩啦啦的下起雨來。從此，國王只信任道士……

　　說著說著，和尚又掉下了眼淚。

　　假道士點點頭：「我瞭解了，我們和尚絕不能這樣被欺負，我去找那幾個監工道士理論，叫他們把你們放了。」

　　說完，假道士就去找監工道士理論。

　　「把他們統統放了。」

　　「不放。」

　　「真的不放？」

　　「真的不放！」……就這樣，雙方一言不合，假道士不知道從哪抽出一根金光閃閃的棒子，一棒一個，把三個監工道士打成肉醬。在場的和尚全都看到了，他們一個個嚇得愣在原地，逃也不是，不逃也不是，不知該如何是好。

　　假道士轉個身，變回毛臉雷公樣的孫悟空：「各位別怕，我乃是五百年前大鬧天庭的齊天大聖，如今已

經改邪歸正，拜在三藏法師門下。今天看到有人欺負我的同行，我當然是看不過去，明天我就去找你們國王，順道去把那三個什麼虎什麼鹿什麼羊的道士好好修理一頓。現在，你們自由了，想去哪就去哪。」

　　和尚們你看看我，我看看你，腳下卻一動也不動。

　　孫悟空：「走啊，怎麼不走？腳麻啦？」

　　和尚：「大聖，我們就算逃也沒用啊，一下子就被抓回來了。」

　　「這還不簡單。」孫悟空從身上拔下一把毫毛，給每個和尚一根。「萬一遇到麻煩，你們只要捏著毫毛，嘴裡叫上一聲『齊天大聖』，我就會立刻出現。」

　　和尚們半信半疑。這時，有個稍微大膽的，貓叫似的，輕輕叫了一聲「齊天大聖」，眼前瞬間出現了一個手持金箍棒的孫悟空。

　　「菩薩顯靈，不，是大聖顯靈，我們有救了。」和尚們這時才完全相信孫悟空的話，歡歡喜喜各自逃命去了。

　　稍後，孫悟空把打探到的消息告訴唐三藏等人。

　　沙悟淨：「既然這個國家不歡

迎和尚，那……我們是不是應該繞路？」

豬八戒：「繞路？那多麻煩啊，搞不好這一繞要多走好幾個月呢，不如我來變幾頂假髮給大家戴好了。」說完，他真的變出了一頂假髮，戴在自己頭上。

唐三藏：「悟空，你覺得呢？」

孫悟空：「師父，你常說出家人要慈悲為懷，現在看到我們同行有難，當然要留下來幫他們解難啊！怎麼可以睜一隻眼，閉一隻眼，假裝沒看到呢。」

唐三藏點點頭：「悟空說得有理，那我們就留下來吧！」

就這樣，唐三藏師徒四人在一個孫悟空剛才解救的和尚引領下，住進了一間荒山小寺廟。

夜裡，遠方傳來陣陣的吹鼓聲，惹得孫悟空翻來覆去睡不著覺，於是索性爬起來，跳上雲端，看看到底發生了什麼事。

原來是前方一座富麗堂皇的三清道觀正在辦祈福消災法會，再仔細一瞧，跪在最前頭，帶領著七八百名道士祈福的是三個身穿法衣，嘴裡唸唸有詞，虎臉鹿臉羊臉的老道士。

「太好了，原來那三個妖怪住這兒，不如我好好

西遊記

來捉弄他們一下。」說完，<u>孫悟空</u>立刻回去把<u>豬八戒</u>、<u>沙悟淨</u>叫起床。

<u>豬八戒</u>死都不肯起床，<u>孫悟空</u>只好在他耳旁，輕聲喊著：「好吃的烤雞、烤鵝、好香的老酒……」，<u>豬八戒</u>鼻子一蠕一蠕的，最後終於忍不住跳起來問：「在哪裡？在哪裡？」

「我帶你去。」說完，<u>孫悟空</u>三人躍上雲端，一下子就來到了<u>三清觀</u>上頭。

<u>孫悟空</u>指著下面擺滿了十幾桌的供品：「喏，看到了吧。」各式各樣的供品看得<u>豬八戒</u>口水直流！

<u>沙悟淨</u>：「可是這些供品又不是給我們吃的，它們是給殿上的三位神仙，<u>元始天尊</u>、<u>靈寶道君</u>、<u>太上老君</u>吃的。」

<u>豬八戒</u>拍了一下<u>沙悟淨</u>的頭：「你這個死腦筋，你什麼時候看過神仙吃供果？況且殿上那三個神仙都是泥巴塑的，本尊都在天上睡覺呢。」

<u>孫悟空</u>點點頭：「八戒說得有理。待會兒，我們分工合作，我先吹一口氣，把燭火全部吹熄，然後<u>八戒</u>、<u>悟淨</u>你們兩個趁亂把殿上三位神仙的泥像搬到隔壁的小房間『五穀輪迴

所』暫放，最後我們三個人分別變成元始天尊、靈寶道君、太上老君，大大方方坐在大殿上，想吃多少就吃多少。」

「太好了，今晚總算沒有白白犧牲睡眠了。」豬八戒拍手叫好。

孫悟空鼓起嘴巴，朝桌上的燭火用力一吹，原本燈火通明的大殿瞬間一片漆黑。豬八戒、沙悟淨見狀，立刻扛起三座神仙泥像到隔壁的小房間。

沙悟淨摀著鼻子：「奇怪，這裡哪有什麼小房間，只有一間臭茅房啊？」

豬八戒嘻嘻笑：「師弟，你還真是老實，師兄說的『五穀輪迴所』就是拉屎的茅房啦。」

沙悟淨：「可是……把神仙放在這兒會不會……」

豬八戒邊說，邊扛起泥像：「如果神仙怪罪起來，就說這一切都是孫猴子的主意就行了。」噗通——，噗通——，噗通——，三座泥像統統被丟進糞坑裡。

由於丟得太急了，豬八戒沒注意到糞坑裡的臭水濺了出來，把他的衣服都染臭了。

「來人啊，快把燭火點燃。」鹿臉老道士說。

燭火一點燃，馬上就被孫悟空吹熄，直到豬八戒、沙悟淨處理完泥像，孫悟空等三人變成三座神像坐在神壇上，大快朵頤的把供品都吃光了之後，燭火才終

於點燃了。

　　鹿力大仙：「怪了，今晚燭火居然一連滅了七次，難不成有妖怪？」

　　虎力大仙用手肘撞了撞鹿力大仙，小聲的說：「不要亂說，我們自己本身就是妖怪。」

　　「啊！」羊力大仙突然大叫一聲，指著前方的供桌：「你們看，供品都被吃光了。唉呀，一定是三清道長顯靈了。」

　　虎力大仙：「一定是我們的虔誠感動了三清爺爺，不如我們趁這個機會跟他們要一點仙丹聖水。」

　　「好主意！」說完，三人同時跪下磕頭：「三位老神仙大駕光臨，小仙有失遠迎，還望恕罪。不過今晚有幸在此遇見三位老神仙，小輩有個請求，希望能跟老神仙求個仙丹聖水，不是我們自己要吃，而是希望能夠把它獻給皇上。」

　　左右的靈寶道君、太上老君斜眼瞄了瞄中間的元始天尊之後，元始天尊「咳」了一聲，說話了：「小輩，看在你們如此虔誠的分上，我們就送你們一些聖水，不過聖水取得的方法乃是天機，洩露不得，所以你們

先全部退下，把門關起來，一刻鐘之後，再打開門，進來取。」

「謝老神仙。」三個妖怪興奮的又叩頭又跪拜之後，恭敬的退出大廳。

豬八戒和沙悟淨問：「師兄，難不成你真有什麼聖水？」

孫悟空一臉賊笑：「不只我有聖水，你們也有聖水。我們剛才吃了那麼多湯湯水水的東西，現在剛好尿出來還給他們。」說完，從供桌上拿了一個花瓶，把裡面的水倒掉，然後掀開虎皮裙，撒了一大瓶的猴尿。

豬八戒看了，笑道：「師兄，我跟你做了這麼多年兄弟，就這件事沒幹過，我現在正好尿急，剛好可以陪你玩一玩。」說完，也撒了一大瓶的豬尿。

隨後，沙悟淨也撒了半瓶的尿。

孫悟空眼見差不多了，於是怪聲怪調的說：「後輩小仙，可以進來取聖水了。」

三個妖怪興沖沖進門，看到供桌上三瓶聖水，立刻搶了起來。

虎力大仙：「別搶了，長幼有序，我是老大先挑。」說完，拿起花瓶掂了掂重量，拿走最重的。隨後，鹿力大仙拿走次重的。剩下的，才留給羊力大仙。

三人拿起花瓶湊近鼻子聞了聞，忍不住同時皺起

了眉頭。

虎力大仙悄聲的說：「怪了，我的聖水怎麼有一股豬騷味？」

「咦，我的是猴臊味。」鹿力大仙說。

「嗯，我的是魚腥味。」羊力大仙說。

虎力大仙：「千萬別無禮，良藥苦口，聖水比良藥好上千萬倍，自然味道不尋常。」

鹿力、羊力點點頭：「也是！」

虎力大仙對著神壇上的神仙問：「三位老神仙，你們還在嗎？」

沒有回應。

一看沒有回應，三個妖怪立刻捏著鼻子，仰起臉，嘩啦嘩啦的把聖水統統灌進肚子裡。

這時，神壇上的神仙突然震動了起來，原來是豬八戒忍不住笑了出來，幸好孫悟空機警，故意裝成震怒的樣子：「可惡的貪心小輩，剛才明明說是要把聖水獻給皇上，現在卻自己獨享，該當何罪？」

三個妖怪跪下磕頭：「老神仙饒命啊，那是因為……聖水實在太好喝了，所以我們才忍不住想嚐一口看看，沒想到這一嚐就上癮了，所以我們才……」

「該罰！」孫悟空大喝。

「是！是！該罰，該罰。」三個妖怪唯唯諾諾的

磕頭回應。

「該罰什麼好呢？」孫悟空一時沒有主意。

沒想到豬八戒一時大意，脫口而出：「既然你們這麼喜歡喝尿，那就罰你們一人再喝一瓶尿。」

「尿？」三個妖怪你看看我，我看看你，不明白老神仙為什麼會這麼說。

孫悟空眼看露餡了，索性變回原形，站在神壇上說：「你們這三個貪心的蠢蛋，剛才喝的是我們師兄弟三人的尿水，味道還可以吧？哈哈哈……」

虎力、鹿力、羊力三個妖怪發現自己被捉弄了，氣得招來大廳外的道士七八百人，一下棍棒，一下掃帚，一陣亂打。孫悟空眼明手快，一手抱起豬八戒，一手抱起沙悟淨，東躲西閃的竄出大廳，駕著祥雲離開了。

隔天，唐三藏一行人帶著通關文件到皇宮拜見車遲國的國王，沒想到虎力、鹿力、羊力三個道士早就到了。

虎力大仙：「啟稟皇上，我說的惡和尚就是這幾位，不但打死我們的徒弟，放走幾百個和尚，昨晚還大鬧三清道觀的祈福法會。」

孫悟空故意糗他：「咦，你好像漏了一段忘了講。」

虎力大仙頓時臉紅說不出話來。

孫悟空：「我來講好了，昨天晚上，這三個老道把我們的尿當成聖水，咕嚕咕嚕全部喝了下去，喝完之後，還直說好喝，沒想到現在卻翻臉不認人。」

「悟空，這是怎麼回事？昨晚，我們不是住在一間小廟，你們怎麼會出現在三清道觀？」唐三藏完全被蒙在鼓裡。

國王大怒：「可惡的和尚，竟然敢戲弄本國的國師，來人啊，拖出去斬了。」

孫悟空聽了不但不害怕，還笑嘻嘻的說：「國王，你想一想，如果你的國師真的那麼厲害的話，怎麼可能喝到我們的尿，一定是因為我們比較厲害，所以……不如改聘我們為國師吧！」

國王聽孫悟空這麼一說，頓時猶豫了起來，這時有位大臣說話了：「陛下，臣有個建議，今年已經連續好幾個月沒下雨了，再不下雨就要鬧旱災了，本來我們已經計畫請三位國師來作法求雨了，誰知道現在突然發生這種事，不如這樣好了，我們就請這幾個和尚和國師比賽求雨。贏了，就饒了他們；輸了，就砍頭，如何？」

國王：「好主意，就這麼辦了。」

法壇搭起，首先上場的是虎力大仙。

虎力大仙一手持寶劍，一手拿令牌，一臉自信的

說：「沒有人比我更會祈雨了，我只要一舉起令牌，風就來；再舉起令牌，雲就起；三舉起令牌，雷電閃；四舉起令牌，雨就下；五舉起令牌，太陽就露臉。」

孫悟空不以為然：「如果真的這麼屬害的話，那就趕快讓我們見識見識！」

「那就看仔細了。」虎力大仙舉起寶劍，刺穿一張符咒，隨後嘴唸咒語，唸著唸著，符咒突然自動燒了起來。

虎力大仙舉起令牌，大叫一聲「風來！」果然立刻颳起了一陣又一陣的強風。

豬八戒「唉呀」一聲，轉頭對孫悟空說：「師兄，你得小心了，這個老道士好像不是吹牛的。」

孫悟空沒有回應，因為他的真身已經躍上雲端，大喝一聲：「颳風的是誰？」

風婆一看原來是五百年前大鬧天庭的孫悟空，嚇得急忙上前行禮。

「趕快把風收起來，就算只有一絲風也不行，只要那老道士的鬍子一動，我就狠狠打你二十棒。」孫悟空說。

風婆一聽，哪敢不從，立刻把風收了回來。

眼見強風突然莫名其妙停了，<u>虎力大仙</u>心裡覺得納悶，不知問題出在哪裡，只好繼續唸咒，燒符，再次舉起令牌。天空中立刻烏雲密布。

　　<u>孫悟空</u>同樣大喝一聲，把雲神趕走。

　　<u>虎力大仙</u>大吃一驚，心想今天還真邪門，怎麼法術全失靈了。更慘的還在後頭，之後的三舉牌，四舉牌，連雷電、雨水的影子都沒看到。

　　<u>虎力大仙</u>頹頭喪氣的下了法壇。

　　「師父，換你了。」<u>孫悟空</u>拉了拉<u>唐三藏</u>的衣角。

　　<u>唐三藏</u>一驚：「可是我只會唸經，不會祈雨。」

　　<u>孫悟空</u>笑了笑，在<u>唐三藏</u>耳邊悄聲說：「師父，我都安排好了，你只要專心唸經就行了，其餘的交給我。」

　　<u>唐三藏</u>聽了，這才放心的上了法壇，專心唸起經文。

　　<u>孫悟空</u>見師父唸起經文，立刻舉起金箍棒朝天空一指，風婆見了立刻颳起強風，瞬間飛沙走石。原來<u>孫悟空</u>已經跟風婆、雲神、雷公、龍王都說好了，他的金箍棒朝天一指，風婆就上工；金箍棒再指，雲神就布雲；金箍棒三指，雷神就打雷；金箍棒四指，龍王就灑水；金箍棒五指，風、雲、雷、雨眾神就統統收工。

　　<u>孫悟空</u>見強風已經颳得眾人都張不開眼了，這才

把金箍棒再朝天一指。雲神收到指令，立刻招來滿天的烏雲。剎那間，白天成了夜晚，引來眾人的驚呼。孫悟空得意的笑了笑，金箍棒朝天三指，瞬間雷聲大作，簡直要震破眾人的耳膜。

「趕快找個地方躲雨，暴雨要來囉。」孫悟空喊完，金箍棒朝天四指，天空像破了一個洞似的，三江五湖的水全嘩啦啦的掉了下來。這一下，整整下了一天一夜，直到車遲國的百姓全都跪了下來，對著唐三藏大喊：「大師，夠了，夠了，別再唸了，雨再不停，就要鬧水災了。」

孫悟空這才捨不得的把金箍棒朝天一指，瞬間風退了，雲撤了，雷聲不見了，雨水停了，太陽露臉了。

「太神奇了！」國王對唐三藏祈雨的法力佩服不已，除了當場饒了他們的罪之外，還偷偷在他耳邊說，希望他能留下來當國師。

耳尖的鹿力大仙聽見了，立刻搶上前：「陛下，您有所不知，剛才其實是我大哥勝了。」

國王：「怎麼說？」

鹿力大仙：「就是因為我大哥一而再，再而三的唸咒，燒符，舉令牌，才會風起，雲湧，打雷，下雨，只不過我大哥的手腳太快了，天上眾神趕路不及，還在半路上。等到這和尚上了法壇，剛好讓他撿了個大

便宜，因為眾神這時候才紛紛趕到。」

孫悟空噗嗤一笑，轉頭對豬八戒說：「這個傢伙比你還會胡扯。」

國王一臉為難：「可是雨都下了，總不能再比一次吧。」

鹿力大仙：「這次不比祈雨，比坐禪。」

國王：「坐禪？你確定？坐禪不是和尚的拿手絕活嗎？」

鹿力大仙狡猾的笑了笑：「我所謂的坐禪，不是一般的坐禪，而是高難度的『雲梯顯聖』，也就是將一百張桌子，一張一張疊起來，直達雲端，然後我們分別在上面打坐，看誰撐得久。」

國王轉頭看看唐三藏，唐三藏則轉頭看看孫悟空，孫悟空笑了笑，點點頭：「陛下，我師父說他願意。」

國王一聽，立刻叫人各用一百張桌子疊起兩座高聳入雲的禪臺。

比賽開始，鹿力大仙一跳，就跳上東邊的禪臺。唐三藏正在想該怎麼上禪臺的時候，腳邊突然來了一朵五彩祥雲，而且還會說話：「師父，我是悟空，上來吧！」

就這樣，五彩祥雲托著唐三藏上了西邊的禪臺。

三炷香的時間過去了，兩人依舊不動如山，不分上下。鹿力大仙早就打好如意算盤了，明的贏不了，那就來暗的，他從後腦杓拔下一根頭髮，唸了道咒語之後，頭髮變成一隻臭蟲，跳到唐三藏頭上，害得他頭癢難耐，忍不住扭來扭去。

豬八戒仰著頭看：「完了，完了，師父因為懼高症發作，引發羊癲瘋了。」

沙悟淨：「羊癲瘋發作不是這個樣子，應該是頭上長蟲子才對。」

豬八戒：「胡說，師父是個大光頭，光頭的人怎麼可能會長蟲子。」

孫悟空一看就知道是道士在搞鬼，他肯定在師父頭上放了什麼臭蟲之類的東西，於是他決定以其人之道，還治其人之身，也從身上拔下一根毫毛，嘴一吹，變成一隻大蜈蚣，用力一丟，丟到鹿力大仙的腳邊。

就在鹿力大仙正得意的時候，發現腳踝爬上了一隻足足有一條蛇那麼大的蜈蚣，不論他怎麼甩怎麼抖，蜈蚣就是牢牢黏在他身上，而且還一路往上爬，爬過了大腿，爬過了手肘，一路來到了脖子，癢得他差點尖叫出來。

　　豬八戒：「咦，不只師父羊癲瘋發作了，那個道士也羊癲瘋發作了。」

　　鹿力大仙又擠眉又弄眼的，想把蜈蚣趕走，但蜈蚣好像故意跟他作對似的，在他臉上又拉手又抬腿的，好像在做體操似的，做完體操之後，居然還以鼻子為中心，繞著一個圈圈，跑起步來。

　　鹿力大仙眼看情況不妙，於是從後腦杓拔下一大把頭髮，變成幾百隻臭蟲，全部跳到唐三藏身上。

　　豬八戒驚呼：「唉呀，快閃，兩邊的桌子都好像快倒了。」

　　現在不只唐三藏和鹿力大仙身體扭來扭去，連禪臺也扭得亂七八糟的，幸好兩邊各有人暗暗用法術把禪臺穩住，否則早就倒了。

　　蜈蚣做完體操，跑完步，累了，想鑽進黑洞洞的鼻孔裡休息，只是蜈蚣體積太大了，無論怎麼鑽怎麼擠就是進不去，於是他居然動起了鼻洞跟鼻洞之間的隔膜的腦筋，他想把兩個小洞變成一個大洞，於是他

一口一口的咬掉鼻洞之間的隔膜。

這次鹿力大仙終於忍不住了，大叫一聲「唉呀，我的媽」之後，就從禪臺上跌了下來。

國王見國師又輸了，眉頭一皺，正要說話時，沒想到被羊臉道士搶了個先。

羊力大仙：「陛下，其實我二師兄贏了。」

國王：「贏了？可是鹿力大仙他明明……」

羊力大仙：「陛下，剛才您也看到了，兩座禪臺都搖搖欲墜，這禪臺一倒，不知道會壓傷多少人，可能包括您在內，我二師兄為了怕傷及無辜，所以他寧願自己跌下來，也不願意禪臺倒下傷人。所以相較之下，我二師兄是不是比這個和尚更為人民著想，所以我才說我二師兄贏了。」

孫悟空冷笑：「這幾個傢伙的嘴巴實在太厲害了，還好不比耍嘴皮子，否則我們肯定輸慘了。」

國王：「那該怎麼辦呢？還有什麼可以比的？」

羊力大仙：「有！比砍頭。」

國王大吃一驚：「國師，你可不要意氣用事啊！」

羊力大仙：「這不是意氣用事，比砍頭才能比出實力。」

國王轉頭問唐三藏：「法師，國師想跟你比賽砍頭，你敢跟他比嗎？」

西遊記

孫悟空：「陛下，我師父已經連比兩場了，現在換他的徒弟我上場了，砍頭這玩意兒我最在行了，讓我來吧！」

豬八戒聽了，嘻嘻直笑。

沙悟淨：「師兄，你笑什麼？」

豬八戒：「我笑這個羊老道死定了，他不知道師兄是個『砍頭大王』，以前他大鬧天宮的時候，不知道被玉帝砍了幾百次頭了，到現在頭還是好好的長在脖子上，沒有長到屁股去。」

國王叫人抬來一座斷頭臺。

一看到斷頭臺，孫悟空像看到老朋友似的，立刻衝上前來，把頭伸進斷頭臺裡：「我先來，好久沒被砍頭了，脖子好癢。」

劊子手大喝一聲「開鍘」之後，刀起，刀落，孫悟空的人頭落了地，滾到羊力大仙的腳下，他毫不留情舉起腳，一腳踢到幾百丈外。

「頭來！」孫悟空的身體發出洪亮的叫聲。

這一叫，孫悟空的人頭果然慢慢朝身體滾了過去。

羊力大仙見了，立刻唸動咒語喚來土地神，請他把人頭牢牢抓緊，否則就要把他的小廟拆了。土地神不敢不從，果然使出吃奶的力氣牢牢把人頭抓住。

一旁的唐三藏看得膽顫心驚，嘴裡猛唸阿彌陀佛。

豬八戒和沙悟淨則不停大喊：「師兄，加油！」

「居然不聽我的話，這種頭不要也罷！」孫悟空的身體說。

孫悟空此話一說，嚇得唐三藏師徒以為他要放棄了。

「我老孫口袋空空，但腦袋可不空，想要幾顆頭，就有幾顆頭。」說完，孫悟空的身體大喊一聲：「長！」

說也奇怪，孫悟空一喊完，脖子上真的長出一顆和原來一模一樣的頭出來。

孫悟空轉一轉頭：「嗯，舊的不去，新的不來。羊老道，地上那顆舊的，就送你了。」

輪到羊力大仙了，劊子手同樣大喝一聲「開鍘」之後，刀起，刀落，人頭落地，說巧不巧正好滾到孫悟空的腳下。

「放心，我對你的人頭沒興趣。」孫悟空低頭看了看羊力大仙的頭：「但別人有沒有興趣，我就不知道了。」話一說完，不知從哪冒出一隻大黃狗，叼著羊力大仙的頭就往樹林裡跑，一直跑到完全失去蹤影為止。

「頭來，頭來，頭來……」<u>羊力大仙</u>身體的叫聲越來越小，最後終於不支倒地，變成一隻無頭的黑山羊，死了。

國王大吃一驚：「這到底是怎麼回事？」

<u>虎力大仙</u>：「陛下，這個惡和尚不只害死了我師弟，還使用障眼法把他變成畜生，這個仇我非報不行，我要跟他比剖腹。」

「剖腹？」國王已經被搞糊塗了，只能連聲說：「好好好，只要對方沒意見，你們想比什麼，就比什麼。」

<u>孫悟空</u>：「太好了，老<u>孫</u>我最近吃到髒東西，肚子隱隱作痛，搞不好裡面長蟲了，正好趁這個機會，把肚子裡的大腸小腸拿出來洗一洗。」

國王派人拿來一把鋒利的尖刀，<u>孫悟空</u>二話不說，拿起尖刀就在肚子上挖出一個大窟窿。

「啊──」當場幾個膽小的人發出一聲尖叫之後就暈倒了。

<u>孫悟空</u>剖開肚子還不夠，他還走到河邊，把五臟六腑統統掏出來清洗一遍。

<u>唐三藏</u>：「阿彌陀佛，<u>悟空</u>真是本性不改，人家不過是要比剖腹，他偏要把

肚子裡的東西都拿出來洗一洗。」

豬八戒：「嘻嘻，師父，師兄是怕我們無聊，故意秀兩招絕活給我們瞧瞧。」

沙悟淨：「好玩歸好玩，只是萬一這個虎老道使詐，從河裡變出一雙手，把師兄肚子裡的東西全部偷走，那該怎麼辦？」

果然，虎力大仙見機不可失，立刻唸動咒語喚來河神，要他把孫悟空的臟腑沖走，否則就要把這條小河填平。河神無可奈何，只好鼓起嘴巴使勁吹氣。瞬間，原本流勢平緩的小河突然暴漲起來，嘩啦嘩啦三兩下就把孫悟空的五臟六腑全沖到下游去了。

「唉呀！」豬八戒：「師弟，被你這個烏鴉嘴說中了。」

見五臟六腑被大水沖走了，孫悟空不只沒有上前追趕，還笑嘻嘻的說：「太好了，沒有這些累贅，老孫我跳得更高、跑得更快、飛得更遠。」說完，也不管肚子還破了一個大洞，就上上下下跳了起來，不只如此，還前滾翻、後空跳，嚇得眾人猛吞口水。

國王轉頭對臉色發白的虎力大仙：「國師，換你了。」

虎力大仙心想這猴子和尚也太厲害了，自己絕不是他的對手，但既然已經誇口了，只好隨便敷衍一番，

於是拿起尖刀，輕輕在肚皮上劃一個小洞，想就此交差了事。

孫悟空見對方想要賴，於是故意使了個神通，推了國王一把。國王一個踉蹌，撲到虎力大仙身上，正好抓住虎力大仙握著尖刀的手，順勢往下一扯，像拉開拉鏈一樣，虎力大仙的肚子破了一個大洞，嘩啦啦的一坨臟腑全都掉了下來。

虎力大仙嚇了一大跳，蹲下來想把臟腑撿起來塞回肚子時，天上不知從哪衝下來一隻大老鷹，叼著他的心臟就往雲端飛去，直到完全消失了蹤影為止。

「我的心，的心，心……」虎力大仙越叫越虛弱，最後終於不支倒地，變成一隻無心的黃毛虎，死了。

從高塔跌下來受傷，在一旁觀戰的鹿力大仙眼看師兄師弟一個個遭遇不測，突然無預警的出現在國王身後，並用刀子架住他的脖子：「可惡，我們兄弟為車遲國做了多少事，現在你居然找來這幾個和尚害我們，不殺了你，難消我心頭之恨。」

國王：「說要比賽砍頭、剖腹的都是你們，怎麼現在卻把罪過推到我頭上？」

孫悟空：「當然怪在你頭上啊，因為是你找我們來

的啊。你不是說你早就覺得這三個傢伙有問題，希望借助我們的力量幫你把他們三個除掉，如果任務成功了，你將改立我們四個為國師。」

國王：「唉呀，你這隻死猴子不要亂說啊。」

孫悟空：「我哪有亂說，不信你問我師弟，他最老實了。」

「沒錯！」沙悟淨點點頭。

鹿力大仙越聽越生氣，手上的刀越抖越厲害，最後終於憤怒的朝國王的脖子劃了下去。

說也奇怪，刀子一劃過去，國王居然發出一聲震天的豬叫聲，但脖子卻毫髮無傷。再劃一刀，又一聲豬叫，脖子還是毫髮無傷。鹿力大仙慌了，一連朝脖子用力砍了十幾刀，連火花都砍出來了，國王的脖子依舊毫髮無傷。

「奇怪了？」鹿力大仙檢查手上的刀，原本銳利的刀鋒現在出現了好幾道缺口。

「你這個天壽鬼，脖子都被你砍麻了，現在換我了吧！」國王從身後抽出一支九齒釘鈀，使盡吃奶的力氣朝鹿力大仙的頭一鈀，這一鈀，鹿力大仙當場腦漿迸出倒地，變成一隻斷角的白

虎仙、鹿仙、羊仙大鬥法

119

毛鹿。

　　原來孫悟空早就察覺鹿老道的眼神飄忽，一下子瞄國王，一下子看師父，為了怕他亂來，於是叫八戒變成國王，悟淨變成師父，以預防萬一。

　　國王看到這一幕，這才明白原來三位國師都是成精的野獸，這些年來反反覆覆的旱災，祈雨，又旱災，再祈雨，都是他們搞的鬼，幸好這群東方來的和尚拆穿了他們的陰謀。

　　國王：「請四位法師留下來當我國的國師。」

　　豬八戒聽了，直流口水，但唐三藏卻搖搖頭：「感謝陛下的美意，貧僧等人要前往西天取經，所以恐怕無緣消受。貧僧只希望此後您能善待佛家弟子，但也別因此把怒氣發在道人身上，他們是無辜的。」

　　國王點點頭：「應該的，應該的，以前是我的錯，今後不管對和尚還是道士，我一定公平以待。」

　　豬八戒拉了拉唐三藏的衣角：「師父，你要不要認真考慮一下。如果你不願意的話，那我可以犧牲，一個人留下來當國師。」

　　孫悟空狠狠搧了一下八戒的大耳朵：「蠢豬，一天

到晚胡思亂想，該上路了啦。」

　　就這樣，<u>唐三藏</u>師徒四人繼續往西方前進。

　　<u>豬八戒</u>邊走，邊摸著脖子抱怨：「臭師父，開口閉口都是取經取經取經，把我老<u>豬</u>大好的前途都葬送了。死猴子，連我老<u>豬</u>的胡思亂想也要管，你是我爹還是我娘？真是的，脖子白白被砍了十幾刀……」

　　<u>唐三藏</u>回頭問：「八戒，你在喃喃自語些什麼？」

　　<u>豬八戒</u>一驚，心虛的說：「我說師父您老實，師兄他英勇，能夠當你們的徒弟和師弟，我感到非常非常的榮幸。」

虎仙、鹿仙、羊仙大鬥法

讓人精神分裂
的真假美猴王

　　這一天，<u>唐三藏</u>師徒來到一處前不著村，後不著店的荒山野外，幸好有位獨居的老婆婆收留了他們。

　　「老婆婆，妳的家人呢？」<u>唐三藏</u>問。

　　「嗯，我有一個兒子……他在山下……教書，半個月……才回來一次。」老婆婆說。

　　看老婆婆欲言又止的樣子，<u>唐三藏</u>也不好意思再追問下去，反正他們只是暫住一晚，不宜管太多。

　　夜裡，一個酒氣沖天的男子從外頭回來，在門外和老婆婆拉拉扯扯，正好被睡不著覺的<u>孫悟空</u>和<u>沙悟淨</u>看見了。

　　<u>沙悟淨</u>小聲的問：「師兄，到底是怎麼一回事？」

　　<u>孫悟空</u>：「噓，別出聲，是老婆婆在山下教書的兒子回來了。」

　　<u>沙悟淨</u>一看，男子腰間掛了一把刀，滿臉鬍渣，一身酒氣，怎麼看也不像是個教書的，反倒比較像搶劫的。

男子抓著刀，一直想進門，看起來一副想搶劫的樣子，幸虧老婆婆一直拉著他。最後，在老婆婆的苦苦哀求下，男子才心不甘情不願的走了。臨走前，他還搶走老婆婆身上所有的錢，並且粗魯的把她推倒在地。

這時，連一向好脾氣的沙悟淨也看不下去了，他正想出去給男子一個教訓時，孫悟空伸手攔住他：「師弟，這是別人家的事，我們就別管了。」

沙悟淨氣得咬牙：「可是……」

孫悟空：「算了，明天離開的時候，我來變一點銀兩給老婆婆，算是對她的補償。」

就這樣，孫悟空拉著沙悟淨回去睡覺了。

沒想到事情並沒有結束，下半夜的時候，老婆婆的兒子居然帶著一群山賊回來：「裡面的和尚出來送死吧！」

老婆婆一臉驚慌的叫醒睡得正熟的唐三藏師徒：「師父，你們快逃命去吧，我兒子帶了山賊回來搶你們的錢了。」

唐三藏：「你兒子？山賊？」

老婆婆一急什麼都說不清了，孫悟空叫沙悟淨先帶師父離開，路上再跟師父慢慢解釋，至於那幾個山賊，交給他處理就行了。

讓人精神分裂的真假美猴王

老婆婆開了後門，讓唐三藏一行人逃走，大約走了三里路之後，沙悟淨才把事情的來龍去脈說給師父聽。

「原來是這樣啊，那我們就在這裡休息一下等悟空回來，希望他不要出什麼事才好。」唐三藏說。

豬八戒不以為然：「師父，你該擔心的是那些山賊吧。」

過了半個時辰之後，遠遠的，孫悟空提著一個血淋淋的人頭回來了。仔細一看，正是老婆婆的兒子。

「師父，我把那個畜生給……」孫悟空得意的說。

「我就說吧，該擔心的是那些山賊！」豬八戒嘻嘻笑。

唐三藏一看到人頭，立刻嚇得跌下馬來，罵道：「我千叮嚀，萬囑咐，沒想到你還是不受教……老婆婆對我們那麼好，你居然……」

唐僧氣得唸起緊箍咒。

孫悟空痛得丟下人頭，在地上打滾：「師父別唸了，我錯了，我不該亂殺人。」

這時，神奇的事發生了，草叢裡居然滾出了另一個孫悟空，他也大叫：「師父別唸了，不是我的錯，我沒有殺人。」

兩個長得一模一樣的孫悟空在地上打滾，一個叫

西遊記

「都是我的錯」，另一個叫「不是我的錯」，把大夥搞得暈頭轉向。

　　沙悟淨說：「沒殺人的才是大師兄。」

　　豬八戒不以為然：「殺人的才是大師兄。」

　　唐三藏一愣，嘴角的緊箍咒便停了下來。緊箍咒一停，兩個孫悟空立刻打了起來，你抽出金箍棒，朝我劈了過來，我也不示弱，舉起金箍棒，朝你敲了過去，一來一往，兩三個回合之後，誰是誰都搞不清了。

　　「你這個殺人兇手。」

　　「你才是殺人兇手。」

　　「可惡，居然敢陷害我。」

　　「居然敢陷害我，你才可惡。」

　　真假孫悟空不只長得一模一樣，就連武藝、法術也不相上下，因此這一打，就連打了三天三夜，從地上打到天上，又從天庭打到地府。兩個長得一模一樣

的孫悟空就已經夠令人頭痛了，沒想到還有更讓人頭痛的，因為……

豬八戒突然指著前方大叫：「這實在是太扯了。」

前方居然來了另外一組西天取經團：唐三藏、豬八戒、沙悟淨。離譜的是連唐三藏騎的白馬，沙悟淨肩上挑的行李，豬八戒手上拿的九齒釘鈀都一模一樣。

「太扯了，這實在是。」對面的豬八戒也大叫。

沙悟淨問唐三藏：「師父，該怎麼辦？」

對面的沙悟淨也問對面的唐三藏：「該怎麼辦，師父？」

唐三藏嘆了口氣，搖搖頭；對面的唐三藏也跟著搖搖頭，嘆了口氣。

這時，豬八戒耐不住了，舉起九齒釘鈀，往假的豬八戒走去，想搞清楚眼前的西天取經團究竟是怎麼一回事。

沙悟淨叫住豬八戒：「師兄，別去啊，你這一去，和假的豬八戒混在一塊兒，東攪和西攪和的，搞到後來，我們恐怕就認不得你了。」

豬八戒一聽，心想有理，

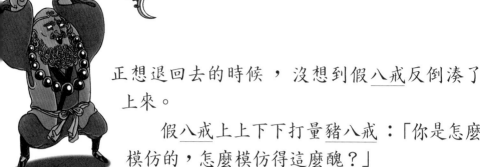

正想退回去的時候，沒想到假八戒反倒湊了上來。

假八戒上上下下打量豬八戒：「你是怎麼模仿的，怎麼模仿得這麼醜？」

「唉呀呀，你這個醜八怪，我都還沒出聲，你反倒嫌起我來了。」豬八戒氣得咬牙：「哼，我就不信你連九齒釘鈀也能模仿。」隨後舉起九齒釘鈀，耙了上去。

假八戒本能的舉起九齒釘鈀一擋，釘鈀瞬間裂成兩半。

豬八戒興奮的大叫：「師弟，快來啊，這幾個傢伙模仿得了皮毛，模仿不了血肉，你趕快用你的錫杖狠狠打他們一頓。」

假悟淨看沙悟淨舉起錫杖走了過來，嚇得邊退邊喊：「不玩了，不玩了，不好玩。」

假三藏等人眼看情況不妙，立刻嚇得變回原形，跪地求饒，原來是三隻小猴子。

「快說，這到底是怎麼一回事？」豬八戒舉起釘鈀恐嚇他們。

其中一隻小猴子渾身發抖的說，事情是這樣的，半個月前，他們的大王孫悟空突然回到花果山，氣憤的說唐三藏太囉唆了，豬八戒太討人

厭了，<u>沙悟淨</u>太無能了，所以他想重組一支取經隊伍。就這樣，大王挑中他們三個，教了他們一些變身術，糊里糊塗的就被帶到這裡來了。還有，幾天前那個老婆婆的兒子是他們大王殺的。

「唉，這麼說來，是我誤會<u>悟空</u>了，他真的已經改過向善了。」<u>唐三藏</u>自責不已。

聽<u>唐三藏</u>這麼一說，<u>豬八戒</u>突然大叫一聲：「唉呀，我有法子了！大師兄的外表猴模猴樣的，看了一目了然，別人當然學得來，但他的內心黑洞洞的，看不清也摸不著，肯定學不來，所以我只要出幾道問題考考他們，就會有人露出猴子尾巴了。」

說完，<u>豬八戒</u>立刻高聲喊道：「大師兄，我有個問題請教你們，你們誰答得出來，誰就是我的大師兄。」

兩個<u>孫悟空</u>邊打邊說：「八戒，快問。」

<u>豬八戒</u>正經八百的問：「請問大師兄，你們的爸爸媽媽姓啥名啥？」

真假<u>孫悟空</u>同時答道：「蠢豬，我老<u>孫</u>是石頭裡蹦出來的，哪來的父母？」

正經的問不出來，<u>豬八戒</u>決定問不正經的：「請問兩位師兄，你們喜歡什麼樣的女人？矮的、胖的、猴臉的，還是狐狸屁股的……」

真假<u>孫悟空</u>又同時回答：「色鬼，一天到晚想女人，

我們又不是你。」

豬八戒哭喪著臉：「你們回答就回答，何必一直罵我呢。師弟，換你問了。」

沙悟淨搔破頭也想不出有什麼好問的，就在他快要放棄的時候，突然想起觀音大士曾送給大師兄三根救命毫毛，只要遇上麻煩，就拔下一根，菩薩自然會現身出來幫忙。

沙悟淨大喜：「兩位大師兄，請摸摸你們的後腦杓，誰有三根救命毫毛，誰就是真的孫悟空。」

真假孫悟空一聽，同時興奮的跳了起來：「太好了，我怎麼沒想到。」隨即各自從後腦杓拔下一根救命毫毛。

這一拔，把沙悟淨嚇了一大跳，他真怕同時出現兩個菩薩，那可就沒完沒了了。

呼——，觀音菩薩真的現身了。幸好，只來了一位，只是不知道菩薩是哪個孫悟空的救命毫毛呼叫過來的。

豬八戒一看到菩薩現身，立刻上前大呼小叫：「救苦救難的觀世音菩薩，不好了，猴子鬧雙胞了。」

觀音菩薩早就知道眼前的兩個孫悟空是怎麼一回事，所以他才特地帶了兩樣寶物前來，一個是托塔天王的照妖鏡，一個是地藏王菩薩的座騎諦聽神獸。他

們分別是天庭和地府，最會分辨真假的寶物，沒有人可以逃出他們的法眼。

觀音菩薩舉起照妖鏡一照，金光一閃，鏡中現出兩隻一模一樣的猴子原形。他們不只外表相像，就連咬牙切齒的表情，搔癢的動作也幾乎一模一樣。

照妖鏡失敗了，換諦聽神獸上場，世界上沒有什麼東西騙得過他的耳朵。

諦聽神獸靜靜的趴在地上，瞬間聽遍了宇宙八方，神鬼人獸、草木蟲魚的來龍去脈。半晌過後，神獸終於站了起來，他垂頭喪氣的搖了搖頭。

「唉──」大夥重重的嘆了口氣，沒想到這個妖怪這麼厲害，連觀音菩薩也拿他沒輒。

觀音菩薩收回兩樣寶物，嘆了口氣說：「看來只有如來佛有辦法了。」

真假孫悟空聽菩薩這麼一說，隨即互相嗆聲：「敢不敢跟我去西天見如來佛？」

「誰怕誰？」說完，真假孫悟空各駕著一朵觔斗雲，好像在賽跑似的，幾乎同時趕到西天的雷音寺。

如來佛老早就端坐在大雄寶殿上面，等他們了。

　　「如來佛，請你趕快拆穿這個假貨，我快要被他折騰到精神分裂了。」真假孫悟空跪在殿前齊聲哀求。

　　如來佛笑著說：「悟空別急，真的假不了，假的真不了，不妨讓我先來說一說假悟空的來歷讓你知道。這個世界上有四種猴子不歸天、地、人、神、鬼管轄，分別是靈明石猴、赤尻馬猴、通臂猿猴，而假悟空正是其中的第四種，善於模仿的六耳獼猴。」

　　假悟空聽了，心底一驚，沒想到如來佛一句話就戳穿了他的來歷。

　　事實上，如來佛等這天等很久了，原來假的孫悟空囂張到了極點，他也曾變成如來佛的模樣，趁他不在時，大搖大擺的在雷音寺騙吃騙喝，連如來佛最親近的弟子也沒認出來。

　　如來佛接著說：「不過，六耳獼猴的模仿功力實在太強了，就連我也看不出來誰才是真的孫悟空。」

　　孫悟空一聽，心涼了大半，不會吧，如果連如來佛也分辨不出來，那我這輩子不就完了。

　　假悟空聽了，則是大大鬆了一口氣。

　　如來佛笑了笑：「不過……，我倒是『聞』得出來。」

　　原來孫悟空五百年前曾在如來佛的手上撒了一大泡尿，所以孫悟空身上的尿臊味，如來佛永遠也忘

不了。

　　孫悟空聽了，立刻興奮的衝上前去，二話不說就拉下褲子：「那還等什麼，我馬上再尿一泡。」

　　就在孫悟空正準備撒尿的時候，假的孫悟空眼看苗頭不對，一個轉身，就要調頭離開。

　　「哪裡走。」如來佛大喝一聲，大手一伸，身子一動也沒動，一隻大手就牢牢抓住了假的孫悟空。

　　六耳獼猴終於現出了原形，只是孫悟空已經煞不住車，嘩啦啦的在神聖的大雄寶殿上，撒了好大一泡尿。

　　經歷了真假孫悟空事件之後，唐三藏心裡明白，眼前的徒弟已經變得不一樣了，他再也不是以前那個會隨便殺人的孫悟空了。

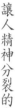

讓人精神分裂的真假美猴王

銅打鐵鑄一樣
熬成汁的火焰山

　　這一天已經是入冬了，但不知為什麼越往西走，就越覺得熱。

　　豬八戒猛擦汗：「我們這樣每天走，不停的走，該不會已經走到天的盡頭，太陽下山的地方了吧？」說完，轉頭問唐三藏：「師父，我們要不要回頭，以免……」

　　孫悟空白了豬八戒一眼：「一天到晚胡說八道，前面有一間茅草屋，我們過去問看看，這到底是怎麼一回事？」

　　敲了半天的門，茅草屋裡終於低著頭走出一位老人。老人一抬起頭就撞見尖嘴猴腮的孫悟空，豬頭大臉的豬八戒，以及胸前掛著骷髏頭的沙悟淨，瞬間嚇得差點站不穩。

　　唐三藏：「施主別怕，我們是東土大唐派去西方取經的和尚。我這幾個徒弟雖然長得怪了一點，但都是心存善念的出家人。今日路過此地，想來問一下這裡是什麼地方，為什麼都到冬天了，天氣還這麼熱？」

老人說：「你們要到西天去啊，我勸你們還是及早回頭吧！」

豬八戒：「我就說吧，我們到了天的盡頭了。」

老人說：「我也不知道我們這裡算不算天的盡頭，我只知道我們住的這個地方叫火焰山，沒有什麼春夏秋冬四季之分，只有熱天、大熱天，和熱死人的天的差別。」

唐三藏：「有這種地方？」

老人：「我們這裡雖然熱，但只要牙一咬，還是撐得下去。但如果你再往西走六十里，就會遇到長達八百里的熊熊火焰，到時候就算你是銅打鐵鑄的，也會被大火熬成汁。」

唐三藏：「這該如何是好？」

豬八戒心中竊喜：「太好了，我們把行李分一分，直接散夥了吧！」

「蠢豬，如果你那麼想走的話，就自己走好了。」孫悟空白了豬八戒一眼：「師父，換我來問問看。」

說完，轉頭問老人：「老伯，這個地方這麼熱，你們的日子要怎麼活？我的意思是你們吃的五穀雜糧從哪裡來？」

「說到日子，就只有一個『苦』字！」老人邊說邊嘆氣：「從這兒往西南走，有一座翠雲山，山上有座芭蕉洞，洞裡住著一位鐵扇公主。她有一支神奇的芭蕉扇，扇子一搧就能熄火，再搧就生風，三搧就下雨。所以我們只好每隔三年就準備一頓豐盛的祭品，上山請她幫忙熄火、生風、下雨。一下雨，我們就趕快播種、施肥、收割，因為三年以後，火焰山的火就會重新又燃燒起來。」

「不好了！」孫悟空一聽到鐵扇公主就皺眉頭。

唐三藏：「悟空，怎麼了？」

孫悟空：「師父，我和這個鐵扇公主原本是親家，可是現在卻成了仇家了。」

豬八戒：「嘻嘻，一定是師兄曾經調戲過人家。」

「師兄，是你才會調戲人家吧。」沙悟淨說。

「沒禮貌，是誰教你這樣跟師兄說話的？」豬八戒說。

孫悟空：「這個鐵扇公主就是紅孩兒的媽媽，你們忘了，我們不久前才跟紅孩兒結下梁子。」

唐三藏：「悟空，別想太多，紅孩兒能跟著菩薩修行是千年修來的福分，她感激我們都來不及了，怎麼

會記這個仇呢？」

「算了，不管是親家，還是仇家，扇子都得借。師父，你們在這兒等我，我去去就來。」說完，孫悟空一個轉身，便消失得無影無蹤。

沒多久，孫悟空就來到了翠雲山芭蕉洞，這時洞外正好有一名小妖女，孫悟空對她說：「趕快進去稟報你們家公主，說她有一名親戚姓『孫』，有要緊的事找她。」

小妖女聽了，趕緊進洞稟報，但鐵扇公主怎麼也想不起來自己有什麼姓「孫」的親戚，於是問：「妳說我那個姓『孫』的親戚長什麼樣子？」

「嘴巴尖尖的，臉上長滿了毛，全身上下不停抓癢，好像很久沒洗澡的樣子，簡直就像……就像隻猴子一樣。」小妖女說。

「我的親戚，姓『孫』，長的像猴子？」鐵扇公主突然大叫一聲：「該不會是那隻該死的孫猴子吧？我沒去找他，他倒自己送上門來了，好，看我怎麼修理他。」鐵扇公主咬著牙，抓起武器就衝了出來。

孫悟空一看鐵扇公主氣沖沖的大步走了出來，手上還抓著兩把劍，心裡就知道不妙，但仍撐起一副笑臉說：「嫂子，好久不見。今天主要是想來跟妳借一下芭蕉扇，因為……」

話都還沒說完，鐵扇公主就舉起劍，朝孫悟空刺殺過來：「你要不要臉，害了我兒子，還想跟我借東西，今天不把你剁了，難消我心頭之恨。」

　　孫悟空舉起金箍棒東擋西擋：「嫂子，妳搞錯了吧，妳知道有多少人排隊等著跟菩薩修行嗎，今天我好不容易幫妳兒子促成了這件好事，妳應該雙手捧著芭蕉扇來感激我才對啊，怎麼一看到我就動刀動槍的？」

　　孫悟空把師父說過的話拿來說給鐵扇公主聽。

　　鐵扇公主越聽越生氣，但卻故意裝成認同的樣子：「嗯，有道理。好！你要我用芭蕉扇來歡迎你，我就用芭蕉扇來歡迎你。」說完，取出芭蕉扇。

　　孫悟空大喜，心想師父果然說對了，能跟菩薩修行果然是件好事，鐵扇公主也認同了。於是收起金箍棒，伸出雙手，準備接過鐵扇公主的芭蕉扇。

　　鐵扇公主突然變臉，大喝一聲：「你要芭蕉扇，下地獄去拿吧！」隨即高高舉起扇子用力一搧。

　　這一搧瞬間颳起了一陣暴風，孫悟空像斷了線的風箏，被吹到幾百里外的高空。暴風整整持續了一天一夜，孫悟空也在空中飄飄蕩蕩了一天一夜，最後才好不容易抱住山上的一顆大石頭。

　　「天啊，好可怕的扇子，差點就被搧到天外天去。」孫悟空四下瞧了瞧：「咦，這裡是哪裡？」

這時突然有個聲音響起：「恭喜大聖，終於取完經啦。」

「誰在說話？」

「大聖是我，在你的底下。」說話的是一位菩薩。

「靈吉菩薩？不會吧，我居然被搧到小須彌山來了。」孫悟空把事情的來龍去脈說給靈吉菩薩聽。

「原來是這樣啊，我還以為大聖你已經取完經了呢。」

「唉，該怎麼辦呢？這個芭蕉扇實在太厲害了。」

「大聖你也不差，一般人被這扇子一搧，早就屍骨無存了，而你卻正好被搧到小須彌山，這一定是天意。」

「什麼天意？」

「大聖，我送你個好東西。」靈吉菩薩從袖子裡拿出一顆藥丸，原來多年前，如來佛曾送他一顆定風丸，沒想到今天居然派上用場了。

孫悟空大喜，接過定風丸，含在嘴裡，招來觔斗雲又回到了翠雲山芭蕉洞。

「嫂子，我又來了。」孫悟空在洞外大叫。

　　鐵扇公主聽到孫悟空的聲音，嚇了一大跳，沒想到這潑猴居然沒事，這次一定要連搧他個七八下，好讓他從這個世界上消失。

　　鐵扇公主一出洞口，二話不說就拿起芭蕉扇朝孫悟空猛搧。沒想到孫悟空居然連躲都不躲，雙手叉腰站在原地任由她搧。鐵扇公主邊搧，他還邊說：「好涼，好涼喔，嫂子，麻煩再多搧幾下。」

　　直到鐵扇公主搧得手臂痠麻，滿頭大汗，孫悟空才笑嘻嘻的說：「嫂子，妳的寶貝扇子沒用了，現在可以借我了嗎？」

　　鐵扇公主越搧心越慌，最後索性退回芭蕉洞，把門緊緊關上，不論孫悟空在外頭怎麼叫，她都不理。

　　孫悟空眼見鐵扇公主怎麼叫都不肯出來，於是變成一隻小蟲子從門縫飛了進去。

　　這時滿頭大汗的鐵扇公主正端著一杯茶咕嚕咕嚕大口的喝著，孫悟空見狀，立刻變成一隻更小的蟲，隨著茶水，進了鐵扇公主的肚子裡。

　　喝完茶，鐵扇公主：「孩子們，把洞口顧好，別讓那隻潑猴進來了，我進去休息一下。」

　　突然有人說話：「嫂子，先別急著休息，妳的扇子還沒借我呢？」

　　「誰？誰在說話？趕快給我出來。」鐵扇公主一

銅打鐵鑄一樣熬成汁的火焰山

驚，四下看了看，但什麼也沒看到。

　　小妖女湊近鐵扇公主的耳朵，小聲的說：「公主，聲音是從妳肚子裡傳出來的。」

　　「沒錯，我正在妳的肚子裡運動呢。」說完，孫悟空又打拳又踢腿的，練起功夫來。

　　瞬間，鐵扇公主的肚子一陣絞痛。

　　「借不借？」

　　鐵扇公主臉色發白，全身冒冷汗：「不……借……」

　　「到底是借，還是不借？」

　　「不……」

　　「好，那我不練拳了，直接耍棒子。」孫悟空抓起金箍棒，不管看到什麼東西就一陣猛敲猛打。

　　金箍棒非比尋常，這一下痛得鐵扇公主跌在地上，連打了十幾個滾，幾乎要暈了過去，最後終於忍不住了：「叔叔，叔叔……饒命，饒命啊。」

　　孫悟空一聽，這才住手：「好嫂子，妳現在倒承認我是妳叔叔啦，好吧，看在牛大哥的分上，只要妳肯把扇子借我，我就饒妳一條命。」

　　鐵扇公主：「只要你肯出來，我什麼東西都借你。」

　　孫悟空：「太好了，那妳張大嘴巴，我要出來了。」

　　就這樣，孫悟空接過鐵扇公主手上的芭蕉扇，高高興興的走了。

「師父，我回來啦。」遠遠的，就聽見孫悟空的叫聲。

唐三藏：「悟空，怎麼去了這麼久？」

孫悟空把自己被芭蕉扇搧飛了一天一夜的事情說給眾人聽。

豬八戒：「嘩，這把扇子這麼厲害，不如師兄你幫我們每個人搧一下，讓我們直接飛到西天去，省得一路上走得腳痠肚子餓的，還得三不五時跟妖怪周旋來周旋去。」

孫悟空：「師父，那我們就再往西走個幾里，直到看見了火焰山的八百里火焰，我再用這扇子把火搧熄。」

沙悟淨：「師兄，到時候你可要多搧兩下，最好搧出一場雨來，好讓大家涼快、涼快。」

孫悟空：「一定、一定，待會兒我不只要搧出一場雨來，還要讓這火焰山的火徹底斷了根，不論是三年後，還是一百年後都冒不出火來！」

唐三藏師徒四人繼續向西走了四、五十里，直到腳下的土地都冒紅，再也走不下去時，才停了下來。

豬八戒滿頭大汗：「師兄，差不多了吧，我已經從豬蹄子熟到豬尾巴了，再走下去，我就可以端上桌了。」

孫悟空一看，的確是差不多了，前面已經隱隱約

143

約可以看見熊熊亂竄的火苗了。

「師父，你們在這兒等我一下，我這就去滅火、生雨。」說完，孫悟空就拿著芭蕉扇，蹦蹦跳跳來到一個地勢最高的地方，高高舉起扇子用力一搧：「統統給我熄滅掉吧！」

轟──

孫悟空這一搧好像把火焰激怒了似的，火焰瞬間升高了好幾十丈。

「不會吧，是我搧得太小力了嗎？」這次孫悟空使盡吃奶的力氣，一連用力搧了五、六下，這一下不得了了，火焰瞬間像大爆炸似的，一下子暴衝了上來，孫悟空嚇得急忙往回跑，邊跑還邊叫：「師父，快跑啊，大火燒來了，燒來了。」

唐三藏等人看見大火衝上雲端，而且還一直往他們這邊延燒過來，因此嚇得連忙回頭跑了四、五十里，重新回到了原點，這才氣喘吁吁，全身虛軟的停了下來。

「悟空，這到底是怎麼回事？」唐三藏問。

孫悟空正要回答時，豬八戒突然「唉呀」大叫一聲，隨後就抓起包袱狠狠朝他的屁股打了下去，邊打還邊叫：「起火了，起火了，快來救火啊。」等火滅了之後，孫悟空屁股上的毛已經全部被大火燒光了。

「可惡的鐵扇公主，居然敢耍我老孫，給我一支假的芭蕉扇，待會兒看我怎麼收拾她。」孫悟空簡直氣炸了。

豬八戒：「看來我們只好往沒火的地方去了。」

沙悟淨：「師兄，你這不是廢話，哪個地方沒火？」

豬八戒：「沒火的地方可多了，南方沒火，北方沒火，東方也沒火。」

沙悟淨：「可是只有西方才有經啊！」

豬八戒傻笑：「所以我的意思就是大夥解散，各自快活去。」

正當眾人進退兩難時，突然有個手拿枴杖的老人朝他們走來：「大聖，你們先不要苦惱，先吃頓齋飯再說。」

「你是誰？」孫悟空問。

「小的是火焰山的土地神，知道你們被困在這裡，所以特別來送飯的。」

「氣都氣飽了，還吃什麼飯？我問你，這火焰山的火到底是哪個王八蛋放的？鐵扇公主？還是牛魔王？」

土地神：「大聖，我說了你可別生氣，事實上……」

「事實上什麼？再吞吞吐吐的，小心我

揍你。」

「事實上，這火是你放的。」

「亂說，我以前從沒來過這個地方，怎麼可能放什麼火。」

土地神說，五百年前<u>孫悟空</u>大鬧天宮，被關在<u>太上老君</u>的八卦爐裡，後來逃出來的時候，一腳踢翻了丹爐，掉出了兩塊火磚，從此有了<u>火焰山</u>。

「<u>大聖</u>，小的不敢亂說。事實上，我就是當年看管八卦爐的仙童，因為沒把丹爐顧好，所以才被貶到<u>火焰山</u>當土地神。」

<u>孫悟空</u>尷尬的笑了笑：「那我到底要怎樣才有辦法滅得了這<u>火焰山</u>的火？」

土地神：「看來<u>大聖</u>你得到<u>積雷山</u>的<u>摩雲洞</u>找<u>牛魔王</u>幫忙才行。」

「看來也只好這樣啦。<u>八戒</u>、<u>悟淨</u>，你們好好保護師父，我這就去找<u>牛魔王</u>幫忙，很快就回來了。」

說完，<u>孫悟空</u>立刻駕著觔斗雲到三千里外的<u>積雷山</u>找<u>牛魔王</u>。

這時，<u>牛魔王</u>正好牽著他的座騎「辟水金睛獸」要出門。

<u>孫悟空</u>正想上前打招呼的時候，<u>牛魔王</u>張開血盆大口說話了：「大夥好好看家，我去朋友家辦個事很快

就回來了，這之間不管誰來都不准開門。」

小妖問：「如果是鐵扇公主來呢？」

「我老婆來也一樣，因為她很有可能是孫猴子變的。」接著，牛魔王鼻孔噴氣，狠狠的罵了孫悟空一頓：「聽說那隻該死的潑猴已經來到火焰山了，他害了我兒子也就算了，居然還跑去戲弄我老婆，一點都不顧我們兄弟之間的情分。早晚我一定要把他碎屍萬段，否則我就不叫牛魔王。」

說完，牛魔王就騎著「辟水金睛獸」出門了。

「唉呀，這下誤會可大了。我大哥正在氣頭上，現在去找他，不是自討苦吃嗎？不如跟在他後面，看看他要去哪裡，再來隨機應變。」孫悟空心想。

就這樣，孫悟空偷偷跟在牛魔王後面，來到了一處叫「碧波潭」的地方，牛魔王把金睛獸拴在門口，一個人進去找鯊魚精喝酒。

看著牛魔王的背影，孫悟空突然靈機一動：「既然牛魔王怕我變成鐵扇公主騙他，不如我反其道而行，牽了他的座騎，變成牛魔王去騙鐵扇公主。太好了，就這麼辦。」

孫悟空變成牛魔王的模樣，解下金睛獸的繩子，騎著牠，大搖大擺的來到了芭蕉洞。

「開門，開門，牛魔王來了。」孫悟空故意大吼

大叫。

　　鐵扇公主一看到牛魔王就哭得稀里嘩啦：「大王，你可來了。你不知道我受了多少苦。」

　　「我當然知道！我就是知道妳受苦了，我才來的啊！對了，妳的芭蕉扇有沒有被騙走？」孫悟空這一問，瞬間讓鐵扇公主起了疑心。

　　鐵扇公主：「大王怎麼一來就問芭蕉扇的下落？莫非你是孫悟空？」

　　假牛魔王：「老婆，妳也太多疑了，我一來就說『妳受苦了』，其次才問芭蕉扇的下落。如果妳懷疑的話，可以仔細瞧瞧我的座騎金睛獸就知道了。」

　　鐵扇公主上上下下仔細打量了金睛獸：「果然是真的沒錯，大王，不好意思，最近我被那隻狡猾的猴子搞得疑神疑鬼的。你不知道他為了騙我的芭蕉扇，居然在我的肚子裡……」

　　鐵扇公主把事情的來龍去脈仔細說了一遍，邊說還邊掉眼淚。

　　「不哭，不哭，幸好妳夠聰明，給了那隻猴子假扇子，他一定越搧火越大，搞不好屁股的毛都被燒光了呢，哈哈哈。對了，那支真的扇子呢？」

　　聽牛魔王這麼一說，鐵扇公主才破涕為笑，從嘴巴裡吐出一支杏葉大小的扇子：「芭蕉扇在這兒呢。」

假牛魔王接過扇子，東瞧西瞧：「這麼小的扇子真的有辦法搧熄八百里的大火？」

鐵扇公主拿回扇子，呵呵笑：「大王，你也太健忘了，只要用左手大拇指捏住扇柄的第七根紅線，再倒唸三次『芭蕉扇』，扇蕉芭、扇蕉芭、扇蕉芭⋯⋯」

剎時，杏葉大小的扇子突然長到了一丈二尺長。

假牛魔王接過一丈二尺長的芭蕉扇，直呼：「神奇，神奇，這扇子跟我的金箍棒一樣神奇。」

鐵扇公主一臉疑惑：「你剛才說這扇子跟什麼棒一樣？」

孫悟空知道藏不住了，於是用手在臉上一抹，變回原形，扛著大扇子，大喊一聲「謝謝嫂子」之後，就一溜煙的逃走了，留下一臉驚愕的鐵扇公主。

話說另一頭，牛魔王喝完酒出來，發現金睛獸不見了，他很快就猜到這是怎麼一回事，於是立刻趕到芭蕉洞。遠遠的，牛魔王就聽見鐵扇公主呼天搶地的哭聲，隨後又看見綁在洞口的金睛獸。

「唉呀，來晚了一步。」

鐵扇公主一看見牛魔王進來，以為又是孫悟空的化身，立刻擦乾眼淚，拿起雙

劍殺了過來。

「老婆，我是牛魔王啊，妳連自己的老公都不認得啦。」牛魔王邊閃邊解釋，糾纏了老半天之後，鐵扇公主這才相信。

「都是你這個天殺的短命鬼，要不是你愛喝酒，我也不會一而再，再而三的被那隻猴子調戲。」鐵扇公主邊說，邊搥打牛魔王。

牛魔王聽得頭頂生煙，鼻孔冒氣，咬牙切齒的說：「這隻死猴子，最好不要被我抓到，否則我一定扒你的皮，啃你的骨，吃你的肉，喝你的血，為我的老婆、兒子報仇。」

說完，牛魔王手持青鋒寶劍，氣沖沖的直奔火焰山。遠遠的，他瞧見孫悟空扛著芭蕉扇，一副得意洋洋的樣子，正要往火焰山的方向而去。

「可惡的傢伙，居然在這裡逛大街。」牛魔王咬著牙，正要衝上前找孫悟空算帳時，突然想到現在芭蕉扇在對方手上，萬一他朝自己一搧，那不是還沒開打，自己就被搧到十萬八千里外。

「有了！不如我來變成豬八戒的模樣，先把扇子騙到手再說。」牛魔王一個轉身，變成了豬八戒，笑嘻嘻的迎上孫悟空。

「師兄，你怎麼去這麼久？師父叫我來看一看，你是在偷懶，還是被牛魔王抓走了。」

「呸呸呸，你才被牛魔王抓走了。你看，芭蕉扇這不是到手了嗎？你來了正好，現在換你扛了。」

假豬八戒大喜，接過芭蕉扇之後，仰起頭哈哈大笑。

孫悟空：「笨豬，你在笑什麼？」

「笑你這隻笨猴子，居然把到手的扇子又還了回去。」豬八戒一個轉身變回了牛魔王。

「唉呀，上當了。」孫悟空懊惱的直跳腳。

「死猴子，今天不把你碎屍萬段，難消我心頭之恨。」牛魔王邊咒罵，邊舉起芭蕉扇往孫悟空身上搧，但不管怎麼搧，孫悟空就是不動如山。

「再搧，再搧，好涼啊！」

「可惡！」牛魔王不知道孫悟空是吃了定風丸的緣故，還以為自己被他捉弄了，於是氣得把芭蕉扇丟在地上，抽出青鋒寶劍殺了上去。

「牛大哥，別生氣，看在我們兄弟一場的分上，有話好說！」

「沒什麼好說的，今天不殺了你，我就沒辦法回去向我老婆交代。」

西遊記

說完兩人大打出手，牛魔王號稱「平天大聖」，是

孫悟空在花果山結拜的兄弟，論起法力和孫悟空不相上下，所以一打起來，就持續了一天一夜，沒完沒了。

另一頭，唐三藏眼看孫悟空遲遲沒有回來，於是請土地神帶路，讓八戒去積雷山看看，是否發生了什麼事。

兩人來到半路，遠遠的聽見一陣驚天泣地的殺聲，仔細一瞧，正是孫悟空和牛魔王在廝殺。

豬八戒見狀，立刻舉起九齒釘鈀上前助陣：「師兄，不怕，我來了。」

雖然豬八戒法力普通，但他的釘鈀在空中亂搗亂耙的，把原來就筋疲力盡的牛魔王打得心慌意亂，節節敗退。

「變！」牛魔王突然大喝一聲，變成一隻天鵝飛走了。

孫悟空收起金箍棒，搖身一變，變成一隻大老鷹，追了上去。牛魔王眼見老鷹就要啄到自己的眼睛了，立刻變成一隻小鹿，假裝在地上吃草。孫悟空眼尖，再一變，變成一隻餓虎撲了上去。牛魔王一個閃身，變成一隻大黑熊，雙腳高高站起，又捶胸又跺腳的，聲勢嚇人。孫悟空打了個滾，變成一隻長毛象，伸出比身體還長的鼻子，朝大黑熊捲了過來。

「哼！」牛魔王冷笑：「要比大，就來比大。」接

著長「哞」一聲，現出了原形，一隻長千餘丈，高八百多丈的大白牛。

「可憐的小象，看我踩死你。」說完，大白牛就舉起牛蹄子，像踩老鼠一樣朝孫悟空踩了過來。

孫悟空一閃，正想變成一隻超大的獼猴和大白牛鬥上一鬥的時候，突然聽見天上響起一陣熟悉的聲音：「老牛，投降吧，我們奉如來之命，前來捉拿你了。」

抬頭一看，正是托塔天王和哪吒領著天兵天將來了。

「有本事就一起上吧！」大白牛說。

「我一個人就行了。」說完，哪吒一人獨自下了雲端，並且在一連喊了三聲「變」之後，變成和大白牛一般巨大的三頭六臂。

大白牛見狀，撒開腳蹄子，氣呼呼的低著頭，舞著兩支比刀鋒還利的牛角，撲撲的朝哪吒牴了過來。

哪吒不慌不忙，一個閃身，跳上了牛背，抽出斬妖劍，朝牛頭猛力一砍。

「嘩！」眾人一聲驚呼，牛頭掉了下來。

「嘩！」眾人又一聲驚呼，因為牛頭一落地，大白牛的脖子立刻又長出一顆新的牛頭，嘴裡還吐著濃濃的黑氣。

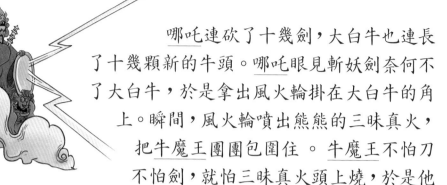

哪吒連砍了十幾劍，大白牛也連長了十幾顆新的牛頭。哪吒眼見斬妖劍奈何不了大白牛，於是拿出風火輪掛在大白牛的角上。瞬間，風火輪噴出熊熊的三昧真火，把牛魔王團團包圍住。牛魔王不怕刀不怕劍，就怕三昧真火頭上燒，於是他痛苦的哀嚎，橫衝直撞，幾乎要失去理智了。

牛魔王眼見三昧真火再這樣繼續燒下去，自己就要變成烤牛排了，正想變身脫逃時，沒想到天上的托塔天王早就用照妖鏡鎖住他了，害他完全無法變身，最後只好大叫：「燙死我了，我投降認輸了，快把火熄了，我願意皈依佛門。」

哪吒：「不行，除非你先把芭蕉扇交出來。」

牛魔王：「芭蕉扇不在我這兒，在那隻潑猴那兒。」

孫悟空這一聽，趕緊搖了搖手上的芭蕉扇：「沒錯，沒錯，芭蕉扇在我這兒，快把三昧真火收了吧，不要傷了我大哥。」

哪吒點點頭，從牛角取下風火輪，三昧真火就自動熄了。

「牛魔王，跟我回去見佛祖吧！」就這樣，哪吒牽著白牛，跟托塔天王等天兵天將回天庭覆命去了。

離去前，白牛用哀傷的眼神對孫悟空說：「七弟，

念在我們兄弟一場，請你千萬別傷害鐵扇公主。」

「一定的，大哥。」孫悟空難過的點點頭，目送牛魔王離開。

送走牛魔王，孫悟空和豬八戒立刻趕回去跟唐三藏會合。

「芭蕉扇來了！」孫悟空跳上高處，高高舉起扇子，對著八百里火焰，正要搧下去的時候，突然收手。

豬八戒：「師兄，怎麼了？難不成又拿到假扇子了？」

孫悟空：「不是，因為我剛和牛魔王大戰了一天一夜，現在渾身無力，所以我決定了，把滅火這個大功勞送給你。」

唐三藏：「也好，八戒，就由你來代勞吧！」

豬八戒歡歡喜喜的接過芭蕉扇，正要高高舉起的時候，也突然收手了。他心想，這潑猴滿腦子詭計，我看他是怕這火一搧，又莫名其妙把他的屁股燒焦了吧。別想害我，我老豬又不是笨蛋。

「唉！」豬八戒故意重重嘆了一口氣。

「師兄，你怎麼了？平白無故的，為什麼嘆氣？」沙悟淨問。

「我突然想到，這幾年來，師弟你每天挑行李當苦力，一點表現的機會也沒有，所以我決定借花獻佛，把這個滅火的大功勞轉送給你。」

沙悟淨腦筋直，不疑有他，接過扇子，就用力一搧。這一搧，火真的熄了。再一搧，風吹了起來……

「等等等──」豬八戒衝上前去，搶過扇子：「師弟，你的功勞夠大了，最後這一搧給我吧！」

豬八戒一搧，天空開始飄起了雨，原本炙熱難耐的天氣，終於涼爽了起來。

一旁，早就被天兵天將制服的鐵扇公主一臉哀傷的說：「大聖，火熄了，可以把扇子還我了吧！」

豬八戒不以為然：「哼，想得美，這扇子寶貝得很，就算火熄了，暫時用不著了，我們留著，搞不好日後還可以賣錢呢。」

孫悟空跳起來，狠狠搧了豬耳朵：「笨豬，不准無禮，鐵扇公主是我的嫂子，所以也就是你的嫂子，再無禮，我就打得你滿地找牙。」

孫悟空：「嫂子，我老孫說話絕對算話，只是我聽說這火三年後又會再發，有什麼方法可以永絕後患嗎？」

鐵扇公主：「只要用這扇子連續搧他個七七四十九下，火就永遠不會再發了。」

「太好了！」<u>孫悟空</u>舉起扇子，朝<u>火焰山</u>連續搧了四十九下，瞬間天上如破了一個大洞，大雨傾洩而下，一連下了三天三夜的暴雨。

「嫂子，先前的無禮，還請多多包涵。」<u>孫悟空</u>恭恭敬敬還了扇子之後，繼續前往西天的旅程。

而<u>鐵扇公主</u>也因為兒子、丈夫相繼皈依佛門，而大徹大悟，最後隱姓埋名，修成了正果。

腿毛又多又長
的蜘蛛女

　　一連好幾個月，沿途不是高不見頂的大山，就是寬不見岸的大河，還有彷彿永遠都走不出來的黑森林，今天唐三藏師徒好不容易來到了一處綠油油的平原，原本緊繃的心情終於放鬆下來了。

　　孫悟空耳尖，聽見唐三藏肚子咕嚕咕嚕的叫，於是戳了戳豬八戒的肚子：「該去化齋了，師父餓了！」

　　豬八戒一臉不情願：「師兄，我今天頭有點發暈，可能是中暑了，可以換人去化齋嗎？」

　　孫悟空：「哼，天氣這麼涼爽，怎麼可能中暑，你一定是又想偷懶了。」

　　豬八戒：「師兄，我沒騙你，不信，你摸摸我的頭，燙得可以煮開水了。」

　　唐三藏：「悟空，今天就讓八戒休息一下，師父我去化齋。」

　　「可是……」孫悟空擔心唐三藏弱不禁風的，萬一遇到妖怪就麻煩了。

「一路上，不是高山，就是大河，什麼時候會突然蹦出個妖怪沒人知道，所以化齋就有勞你們了，但從這裡望過去，又是平原，又是綠地的，藏不了什麼妖怪，況且前面就有一戶人家，師父整天坐在馬背上，今天正好下馬，走走路，活動活動筋骨。」唐三藏說。

「既然師父都這麼說了，那我們就在這兒歇一歇腳，等你回來。」孫悟空說完，回頭瞪了豬八戒一眼：「懶鬼，師父要是有個什麼三長兩短，就唯你是問。」

唐三藏下馬，從豬八戒手中接過缽子，心情愉悅的走進前面的莊院。

一進了莊院，唐三藏就看到七個穿著薄紗的妙齡女子，有人在賞花、有人在捉蝴蝶、有人在刺繡，另外四個在玩捉迷藏，從外表看起來，一個長得比一個豔麗，看得他臉紅心跳。

突然，一個不留神，其中一位蒙著眼睛玩捉迷藏的女子，緊緊摟住唐三藏，高興的大叫：「抓到了，抓到了，換你當鬼了。」

「我不是，我是……」唐三藏滿臉通紅，嘴裡不停唸道：「阿彌陀佛，罪過，罪過。」

妙齡女子脫下眼罩，看到唐三藏，興奮的把姊妹淘全叫了過來：「快來啊，這裡有個好帥的和尚啊！」

眾女子聽了，立刻湊上前來，這個摸摸他的衣袍，

那個摸摸他的臉頰，大夥嬌笑連連，一點也不害臊的說：「真的好帥喔」、「好像很可口的樣子」、「別搶，他是我的」……

　　唐三藏羞得轉身就想走，但一想到自己難得出來化齋，卻什麼都沒化到就空手回去，未免也太沒用了，於是硬著頭皮說：「女施主，貧僧唐三藏路過貴寶地，想跟各位化點齋吃。」

　　「那有什麼問題，我們這裡什麼都沒有，就吃的東西最多了。」其中一名女子笑嘻嘻的指著唐三藏說：「每天都有東西自動送上門來。」

　　唐三藏一聽，心底既高興又疑惑，不知道對方是什麼意思。

　　「姊妹們，吃東西囉。」話一說完，七個妙齡女子同時掀開上衣，露出白皙的肚子。

　　唐三藏嚇得一連退了好幾步，因為外形纖瘦的妙齡女子，居然一個個肚子圓滾滾的，好像懷孕似的。更讓他吃驚的是，她們一個個凸得不像話的肚臍眼居然「嘶嘶嘶」的吐出白色的繩索，撒網捕魚似的，把唐三藏給牢牢纏住。

　　唐三藏這才知道自己遇到蜘蛛精了。

　　孫悟空等人在路邊等師父化齋回來，但左等右等，就是等不到師父，孫悟空心想不妙，於是唸咒，把土

西遊記

地神叫來。

「這是什麼地方？前面那座莊園又是誰的地盤？」孫悟空問。

「大聖您有所不知，你們後頭那座山叫盤絲嶺，嶺下有個盤絲洞，洞裡住著七個蜘蛛女，個個美如天仙，連天上的七仙女都自嘆不如，前面那座莊園就是她們的地盤。」土地神說。

原本懶洋洋躺在草地上的豬八戒一聽到「美如天仙」，立刻精神抖擻的跳了起來，大步朝莊園走去。

「喂，師兄，你要去哪裡？」沙悟淨問。

「當然是打妖怪、救師父啦。」

「你不是中暑了？」

「這幾隻妖怪不過是女流之輩，我老豬就算中毒，也有辦法擺平她們，更何況是小小的中暑，你們在這裡等我的好消息就行了。」說完，豬八戒頭也不回的一個人進了莊園。

一進門，豬八戒在偌大的莊園裡繞來繞去，最後終於循著聲音，在大浴池裡找到七個正在洗澡的蜘蛛女。

「姊妹們，洗乾淨點，等一下就可以享用那個帥和尚了。」蜘蛛女說。

豬八戒一看，泡在浴池裡的蜘蛛女果然個個美如天仙，於是偷偷摸摸來到池畔，把她們的衣服統統偷走，然後邊流口水，邊說：「姑娘們，和尚我好久沒洗澡了，全身癢得不得了，可以跟妳們一起洗嗎？」

全身赤裸裸的蜘蛛女一看到陌生人，先是又遮又掩的尖叫，隨後立即破口大罵：「哪裡來的又肥又醜又不要臉的和尚？」

豬八戒被她們這麼一罵，索性不問了，直接丟下釘鈀、脫下僧袍，就往池子裡跳，嚇得蜘蛛女個個花容失色，在池子裡到處亂叫、亂竄。

過了好一會兒，蜘蛛女才發現，醜和尚一跳下水就不見了。

「該不會是溺水了吧？」其中一個蜘蛛女問。

「不會吧？這池子這麼淺。」

「不一定，那個和尚看起來傻不隆咚的。」

蜘蛛女在池子裡找呀找

的，沒找到豬八戒，反倒發現池子裡多了一條魚。原來熟悉水性的豬八戒把自己變成一條滑溜的鯉魚了。

「姊妹們，這裡怎麼有一條肥鯉魚？」

「管他的，正好捉來配菜。」

說完，蜘蛛女七手八腳，圍著鯉魚抓來抓去，鯉魚一會兒水上游，一會兒水下游，一會兒在蜘蛛女之間鑽來鑽去，看起來快活得不得了。

「嘿嘿，這幾個笨女人。」豬八戒一個得意，不小心露出了馬腳，魚尾巴游著游著，突然變成了一條豬尾巴。

蜘蛛女一看到豬尾巴，就知道這是怎麼一回事了。她們顧不得身上沒有穿衣服，全部跳上了岸，鼓起圓滾滾的肚子，從肚臍眼裡吐出白色的繩索，將肥鯉魚抓上岸。

肥鯉魚一上了岸，立刻變回原形。

西遊記

但蜘蛛女還是不停的吐絲，她們先把豬八戒的眼睛牢牢纏住，免得被他吃豆腐，緊接著再把豬八戒的雙腳牢牢絪住，以防止他逃走。吐絲的過程中，蜘蛛女的咒罵聲不斷。

「這輩子沒看過這麼肥，又這麼色的臭和尚。」

「被豬吃豆腐，我看我們要倒八輩子的大楣了。」

「幸好剛才抓到一個帥和尚，不然我們姊妹今天

真的虧大了。」

……

　　突然之間，不知道為什麼，蜘蛛女的罵聲瞬間停了，也不再嘶嘶嘶吐出白絲了，這時候雙眼被蜘蛛絲牢牢纏住，什麼都看不見的豬八戒像隻胖嘟嘟的海豹，雙手撐地，一划一划的爬到蜘蛛女面前，然後抱著她們赤條條的光滑大腿，苦苦哀求：「唉呀，大爺啊，不對，大娘啊，饒命啊！」

　　抱完了這一雙大腿，換下一雙：「大娘啊，我真該死，一切都是我的錯，我不該貪圖妳們的美色，但妳們實在太美了，我忍不住呀。」

　　豬八戒道歉歸道歉，但還是不忘吃蜘蛛女的豆腐。

　　一直抱到最後一雙，豬八戒才發覺不對勁，不是蜘蛛女靜悄悄的不說話，也不是蜘蛛女站得直挺挺的一動也不動，而是最後這一雙腿毛茸茸的，一點也不像是女孩子的腿。

　　「娘子，妳的腿毛好多、好長呀！」豬八戒忍不住問。

「討厭，人家天生就毛多，不喜歡你可以不要摸啊。」第八個蜘蛛女說。

「誰說我不喜歡，毛多才性感。」

「可是……妳的大腿怎麼有一股濃濃的騷味，妳不是剛才泡過澡嗎？」

「討厭，人家天生體味重，怎麼洗也洗不掉，你不喜歡可以不要聞啊。」

「誰說我不喜歡，我喜歡死了，有味道才迷人啊！」

「既然你這麼喜歡我的腿毛和體味，那你要不要永遠留下來陪我？」

「當然好啦，我求之不得呢。」

「可是……你不是要去西天取經嗎？還有，你的師兄孫悟空脾氣那麼壞，萬一被他知道你不要他們了，他一定會狠狠的扁你一頓的。」

「取什麼經，笨蛋才取經。還有，那個孫悟空，我不扁他，他就要偷笑了，哪輪得到他扁我。」

「真的嗎？」

「當然是……」豬八戒話還沒說完，毛茸茸的大腿突然高高抬了起來，朝他的正臉狠狠的踹了下去。

「唉呀呀，痛死我了，娘子妳怎麼……」豬八戒一陣哀號。

「不要臉的蠢豬，誰是你的娘子，連我老孫的臭

豆腐也吃得下去。」腿毛又多又長的蜘蛛女正是孫悟空變的。

　　原來孫悟空怕豬八戒好色誤事，丟了他自己的性命不打緊，萬一害師父跟著喪命就完了。沒想到事情真的跟孫悟空想的一模一樣，豬八戒又好色誤事了，幸好他有跟上來。

　　痛得哇哇大叫的豬八戒撥開臉上的蜘蛛絲一看，原本如花似玉的蜘蛛女被孫悟空施了法術，全變回了原形。現在七隻蜘蛛精一動也不動的排成一列，每一隻都足足有半個人高，每隻蜘蛛腿上的剛毛看起來都比孫猴子的還茂盛，看得豬八戒胃部一陣翻湧，差點把肚子裡的胃液全吐了出來。

　　「我就知道你這個色瞇瞇的傢伙不可靠，幸好我跟了進來，不然你死了不打緊，還連累了師父。」孫悟空氣呼呼的說。

　　就這樣，孫悟空救出了唐三藏，最後還放了把大火，把害人不淺的蜘蛛精莊園燒了個精光，繼續未完的旅程。

如來佛是
妖怪假扮的？

這一天，<u>唐三藏</u>師徒四人來到了一處鳥語花香，人人拜佛的好地方。

<u>豬八戒</u>：「這裡人人吃齋唸佛，對出家人特別有禮貌，該不會是我們已經到了西天了吧？」

「笨豬，一天到晚叫累，三天兩頭喊拆夥，十天半個月就幻想到了西天，你能不能有點出息啊！」<u>孫悟空</u>說。

<u>沙悟淨</u>：「大師兄，二師兄這一次恐怕夢想成真了。因為我們已經走了十四年，十萬八千里的路程了，這裡應該就是西天沒錯。」

<u>唐三藏</u>點點頭：「沒錯，過了<u>天竺國</u>，西天就在眼前了。前方那座大山，如果我猜的沒錯，應該就是我們西天取經的目的地——<u>靈山</u>了。」

<u>豬八戒</u>聽了，忍不住撲簌掉下淚來。

<u>孫悟空</u>：「笨豬，你哭個什麼勁？不是如你的願了嗎？」

豬八戒：「我是哭我老豬的苦終於有代價了，西天實在太遠了，而這一路上的妖怪又太多了，好幾次我都以為我會死在半路上。」

唐三藏：「悟淨，我們沿途一共遇到了多少磨難，遭逢了多少妖怪？」

沙悟淨算了一算：「師父，我們一共經歷了……八十難。」

「八十難？」唐三藏：「佛門講『九九歸真』，九九八十一，我們恐怕還有一難要經歷。」

豬八戒大驚：「不會吧，還有最後一難？這裡不是西天了嗎？難道如來佛是這個世界上最大的妖怪？」

孫悟空不以為然：「胡說八道。」

豬八戒：「唉呀呀，如果如來佛不是妖怪的話，那最後一難……該不會是佛祖要我們，世界上根本沒有真經？或者……真經藏在我們出發的地方？」

說著說著，前方霧裡突然走出一名道人。

道人開口：「來人可是東土取經人？」

「太好了，最後一隻妖怪來了，讓我老豬來為這趟旅程做一個完美的結束吧。」豬八戒精神抖擻的亮出九齒釘鈀，擋在眾人面前。

孫悟空連忙把豬八戒拉了回來：「自己人，自己人，這位道長是靈山腳下玉真觀的金頂大仙。」

「恭喜聖僧、大聖，你們終於抵達靈山了。」金頂大仙指著山頂一處飄著五彩祥雲的地方：「如來佛正在雷音寺等著你們呢，我來帶各位上去吧。」

孫悟空揮揮手：「不用，不用，這地方我來過幾十次了，我們自個兒上去就行了。你回去跟如來佛說，把真經準備好，我們很快就到了。」

說完，在孫悟空的帶領下，眾人歡歡喜喜的沿著山路，慢慢爬上靈山。

往上走了五、六里路之後，突然遇見了一條湍急的大河擋在路中間，附近既無人煙，也無渡船。

唐三藏：「悟空，是不是走錯路了？」

孫悟空：「唉呀，不好了。」

豬八戒聽孫悟空這麼一叫，又站了出來：「妖怪來了，是不是？在哪？交給我，讓我來畫下一個完美的句點。」

孫悟空：「師父，這靈山我是來過好幾遍沒錯，但以前都是雲裡來雲裡去的，今天倒是頭一回用雙腳一步一步走上來的，所以……」

「師父，那邊有一條橋。」沙悟淨突然大喊。

眾人走過去一看，果然
是條橋沒錯，橋頭還刻著
「凌雲渡」三個大字，
只是這橋……

　　「這也能算是條橋嗎?
根本是一根倒下來的木頭罷了。」
豬八戒叫了出來。

　　「這是橋沒錯，你們看看我。」說完，孫悟空
拿著金箍棒當平衡桿在橋上來來回回跑來跑去，邊跑
還邊叫:「大夥過橋吧!」

　　但不管他怎麼講，怎麼示範，唐三藏等人還是杵
在橋頭，不敢上橋，深怕一個重心不穩就掉進洶湧的
大河。

　　「師兄，你是猴子，我們可不是啊!」豬八戒說
完，轉頭對唐三藏說:「師父，這條河既然叫『凌雲渡』，
翻成白話的意思，就是叫我們直接騰雲駕霧過去。」

　　「不行，不行，一定要走過這條橋才能成佛。」
說完，孫悟空突然衝了過來，用力推了豬八戒一把，
豬八戒一個重心不穩，上了橋。

　　「唉呀，師兄，你要害死我呀。」豬八戒本能的
抓起九齒釘鈀當平衡桿，搖搖晃晃的立在橋上，前進
也不是，後退也不是。

這時，沙悟淨突然大喊：「師父，那裡有一艘渡船。」

眾人轉頭一看，果然有艘小船從霧裡慢慢駛了過來。

孫悟空火眼金睛一看，知道來人是如來佛派來接引的使者，於是立刻招手：「老頭兒，這裡，這裡，我們要搭船。」

船一靠岸，唐三藏嚇了一跳：「這船，這船……沒有底？」

「師父，這船雖然沒有底，但坐起來可比有底的船還穩呢。」孫悟空嘻嘻笑。

在孫悟空的攙扶下，唐三藏半信半疑上了船，沙悟淨也牽著白馬陸續上船，最後上船的孫悟空大叫：「開船囉——」

「師父，我還沒上船呢，別把我丟在這兒。」還在橋上的豬八戒慌了。

「悟空，八戒他……」

「師父，不用擔心，八戒他可是天篷大元帥呢，那條小橋難不倒他的。」

看著渡船慢慢離去，豬八戒只好咬著牙，一邊咒罵，一邊緊緊抱著獨木橋，像隻肥蟲一蠕一蠕的往對岸爬去。

渡船來到大河中央時，對面突然漂來一具死屍，

唐三藏見了，立刻低頭唸誦超渡經文。沙悟淨則本能的轉頭望向獨木橋的方向：「該不會是……二師兄的屍體吧？」只有孫悟空一個人不以為意的嘻嘻笑。

「悟空，你在笑什麼？」唐三藏問。

「我在笑……那個死屍是師父你很熟的一個朋友啊。」孫悟空說。

「我的朋友？」唐三藏不信，低頭仔細一瞧，不看還好，這一看差點被死屍嚇得跌下船，因為那個死屍居然是他自己：「這……這怎麼可能？」

孫悟空：「師父，恭喜你，這代表你已經脫胎換骨，不再是凡人了。」

一轉眼，渡船已經過了凌雲渡，抵達岸邊了。這次，唐三藏不再需要別人攙扶，只輕輕一跳就上了岸，感覺跟以前果然大不相同了。

抬頭，雷音寺就在眼前了。

「八戒呢？」唐三藏四下看了看。

「師父，我在這兒呢。」豬八戒正在擰衣服。

「師兄，你怎麼全身濕答答的？」沙悟淨問。

豬八戒一臉不高興：「這還用問嗎，當然是不小心掉到河裡啦！哼，幸好我老豬以前是管理天河，帶領八萬水兵，長得又高又帥的天篷大元帥，不然我就死定了。」

進了<u>雷音寺</u>，來到<u>大雄寶殿</u>，<u>如來佛</u>正笑臉盈盈的坐在寶殿上面。

正當<u>唐三藏</u>彎身，準備叩拜<u>如來佛</u>時，<u>豬八戒</u>扯了扯他的衣角：「師父，先別拜。你不是說我們會經歷九九八十一難嗎？可是這裡明明就是旅程的終點了，但為什麼最後一難遲遲沒有出現呢？因此我強烈懷疑眼前的<u>如來佛</u>是妖怪變的，他正是我們的最後一難。讓我來測試一下，他是真的還是假的<u>如來佛</u>。」

「師父，就讓他去吧，<u>八戒</u>做事難得這麼小心謹慎。」<u>孫悟空</u>說。

「師兄，感謝你這麼支持我！」<u>豬八戒</u>激動的說。「我想你一定還記得以前那個差點把你害慘的六耳獼猴，搞不好現在坐在上面的那個傢伙就是六耳獼猴扮的。還有，你後腦杓不是還有一根救命毫毛嗎？為什麼西天之行都快結束了，卻還沒有用完呢，這分明在暗示我們，我們還有一個超級大的劫難。」

<u>豬八戒</u>越說越激動，越激動就越往前走，沒有人攔得住他。

<u>豬八戒</u>手插著腰，用一種指責小孩的語氣說：「<u>如來佛</u>，大家都說你法力無邊，不管過去、現在還是未來，沒有什麼事是你不知道的，所以我老<u>豬</u>要考考你幾個問題，如果答不出來，就代表你是妖怪假扮的。

西遊記

到時候，我就要讓你嚐一嚐九齒釘鈀的厲害。」

如來佛笑了笑：「你問吧！」

豬八戒：「五百年前，我師兄曾在如來佛的掌心尿了一泡尿，請問他是尿在如來佛的哪一手？哪一指？」

「這個簡單！」如來佛秀出他的右手中指，上面居然還留著「齊天大聖到此一遊」的字跡，而且大拇指的地方還隱隱約約可以聞到一股尿臊味。

如來佛說：「所以後來的人用『孫猴子一個觔斗翻了十萬八千里，也翻不出如來佛的掌心』來比喻雖然有很大的能耐，但始終逃不出對方的控制。」

豬八戒嚇了一大跳，心想眼前這傢伙也未免太厲害了，知道過去的事也就算了，居然連未來的事都知道。

「哼，算你厲害，看來我得問難一點的。」豬八戒：「十多年前，我在高家莊娶了一個老婆，她的名字叫什麼？我老丈人對我這個女婿的滿意度如何？」

如來佛說：「你老婆的名字叫『翠蘭』。至於你老丈人的滿意度嘛，應該是不怎麼高，因為後來的人都用你丈人『招親招來了豬八戒』這件事來比喻『自找難看（堪）』。」

孫悟空樂得拍手大叫：「準！準！準！」其實他早就用火眼金睛看過了，眼前的人確實是如來佛沒錯，

他故意不說，目的是想看豬八戒出糗。

豬八戒這一聽，臉紅得不得了，不服輸的問：「西天取經這一路上，我老豬總共打死了幾個大妖怪？我有什麼大功勞沒有？」

如來佛：「這一題可難倒我了。」

豬八戒冷笑，晃了晃手上的九齒釘鈀。

如來佛：「因為事實上，你只打死了幾個叫不出名號的小妖小怪，所以你問我，你有沒有大功勞，這實在不容易回答。不過我倒是知道後來的人用『唐三藏取經遇到豬八戒，整天叫散夥』這句話來形容做事缺乏堅定信念，一遇到困難就動搖不定。」

如來佛說完，孫悟空和沙悟淨都笑得差點在地上打滾，連唐三藏都忍不住噗嗤笑了出來。

滿臉通紅的豬八戒正想找一題更難的時候，唐三藏拉著他跪了下來：「八戒無禮，請如來佛祖恕罪。」

如來佛笑了笑：「你們歷經無數磨難，遭遇八方妖怪，如今多所懷疑也是人之常情，恕你們無罪。」

唐三藏：「謝如來佛祖。弟子玄奘，奉東土大唐皇帝聖旨，前來拜求真經，希望佛祖成全，賜我真經，好回國普渡眾生。」

如來佛指著一旁幾乎有半個人高，厚厚兩大疊的經書：「玄奘，三藏真經我已經準備好很久了，就等著

你來拿回去普渡眾生。」

唐三藏恭敬的接過如來佛的三藏真經之後，西方取經算是功德圓滿。

「如來佛祖，既然我們已經取得真經了，那……那有沒有賞？」豬八戒問。

「笨豬，只知道討賞。」孫悟空用力搧了一下豬八戒的大耳朵。

豬八戒不以為然：「師兄，話不能這麼說，既然有處罰，那就有獎賞。師父辛苦的代價是拿到他要的真經，那我們辛辛苦苦的代價又是什麼？」

沙悟淨：「師兄，你忘了，我們是因為犯錯才被貶到凡間的，所以護送師父到西天本來就是我們應該做的。」

豬八戒用手肘撞了撞沙悟淨，小聲的說：「笨和尚，你哪壺不開提哪壺，我不過討個賞，你囉嗦什麼。」

「唐三藏、孫悟空、豬八戒、沙悟淨，上前聽令。」如來佛突然大喝一聲。

「唉呀，都是我的錯，我太貪心了，我該死……」豬八戒以為如來佛生氣了，嚇得立刻跪了下來，一邊磕頭，還一邊掌自己的嘴。

如來佛沒有理會豬八戒，逕自論功行賞了起來：「玄奘，你前世是我的徒弟金蟬子，因為不聽說法，

所以被貶至凡間，如今你取得真經，功勞不小，特封你為『檀香功德佛』。」

「謝謝如來佛祖。」唐三藏叩謝。

如來佛繼續論功行賞：「悟空，你降妖伏魔，保護唐僧有功，特封為『鬥戰勝佛』。八戒，你挑擔有功，特封為『淨壇使者』。悟淨，你牽馬有功，特封為『金身羅漢』。白龍，你載人有功，特封為『八部天龍』。」

每個人都歡歡喜喜受封，只有豬八戒看起來不太高興的樣子。

如來佛：「八戒，你有什麼不滿的，直說無妨。」

豬八戒抗議：「如來佛大人，不是我老豬不知足，因為實在太不公平了。這一路上，我不只牽馬，還化緣、打妖怪，做牛做馬的。如今論功行賞，有人成佛，有人變成羅漢、天龍，為什麼我只封了一個小小的使者？不知道的人還以為我犯了什麼錯，被如來佛大人您降級處分了。」

如來佛笑了笑：「八戒，你誤會了，這個『淨壇使者』可是特地為你設的，你想想看，只要是上了祭壇的供品，都歸你管，還有什麼職位比這個更棒。」

豬八戒聽了，忍不住吞了吞口水，這才滿意的謝過如來佛。

孫悟空：「如來佛祖，我老孫斗膽一問，真經都已

經拿到了，這九九八十一難的最後一難是什麼？」

如來佛：「這最後一難只與玄奘有關，與你們無關。」

如來佛說，最後一難就是唐三藏得用一輩子的時間將真經傳到東土的各個角落，宣揚真經裡的教義，普渡眾生，因此這最後一難恐怕比前面八十難還困難。

「呼，太好了，幸好不干我們的事。」豬八戒鬆了一大口氣。

「那可不一定，萬一唐三藏宣揚真經失敗，那你們就得陪他再回來這兒，再取另外一種真經。」如來佛說。

不會吧！豬八戒一聽到以後可能再取一次經，差點崩潰。

唐三藏：「徒兒們，這一路多虧你們了，師父在此向你們道謝。尤其是悟空，這些年來，我好幾次誤會你殺生，因而氣得唸緊箍咒讓你頭疼，師父在此向你道歉。」

唐三藏一一謝完三個徒弟之後，豬八戒突然如來佛附身似的，用一種諄諄教誨的口氣對唐三藏說：「玄奘，從今以後，宣揚真經的事，就多多麻煩你了。千萬不要害我們再回來取經，我老豬可禁不起再折騰個十四年啊！」

西遊記

「咦？玄奘是你在叫的嗎？還有你講的那是什麼話？好像你這頭笨豬才是師父似的。」孫悟空瞪了豬八戒一眼，轉頭對唐三藏說：「師父，以後不管遇到什麼困難，只要你吩咐一聲，我立刻就趕到，因為我一輩子是你的徒弟。至於八戒……」孫悟空瞄了豬八戒一眼：「如果他不肯來，我就把他打昏拖來，因為我永遠是這隻笨豬的師兄。」

沙悟淨：「師父，別忘了，還有我。」

孫悟空、沙悟淨的一番話把唐三藏惹得眼眶泛紅。

「好吧，那……那也算我一份好了。」豬八戒猶豫的說：「不過，師父你還是要多多努力才行，今後我就是淨壇使者了，供桌上可能會有很多事要我處理……」

「笨豬，你除了吃飯、睡覺、散夥，還會什麼？」孫悟空跳起來狠狠搧了一下豬八戒的耳朵。

「都拆夥了，你還打我。」豬八戒說。

「我說過了，我永遠都是你的大師兄。」孫悟空說。

「二師兄，你是該打沒錯。」沙悟淨說。

「亂來，別以為你當了什麼羅漢的就可以教訓我，我永遠都是你的二師兄。」豬八戒說。

望著眼前打打鬧鬧，即將各奔東西的三個徒弟，唐三藏腦海中浮現出這些年來相處的點點滴滴，雖然

一路上大小劫難不斷，但在大家的通力合作之下，總算一一克服了。想著想著，唐三藏流下了不捨的眼淚。

一個轉身，唐三藏看見眼前足足有半個人高，厚厚兩大疊的三藏真經，他知道雖然西天取經已經告一段落了，但日後還有更重要的事等著他去做呢。

就在大夥叩謝完如來佛，準備走出雷音寺的時候，孫悟空突然對著唐三藏大叫一聲：「唉呀，等等，事情還沒完呢。師父，你不能讓我一輩子戴著頭上這個鬼玩意兒吧，請你唸個咒把它取下來，讓我把它狠狠打個粉碎，好好報這幾年來的仇。」

唐三藏笑了笑：「悟空，摸一摸你的頭。」

這一摸，哪還有什麼金箍兒，孫悟空重獲自由了，他終於可以回花果山水簾洞安安穩穩、舒舒服服，一輩子當他的美猴王了。

西遊記──取經隊伍啟程了

讀完了《西遊記》，對他們的冒險故事是不是意猶未盡呢？讓我們來回味一下刺激的西遊故事吧！

1.若你可以跟唐三藏、孫悟空他們一起去取經，你想擁有什麼樣的武器跟法術呢？

_____

_____

_____

2.如果你是孫悟空，擁有七十二變的法術，你最想變成什麼呢？

_____

_____

_____

3.歇後語大考驗

（1）豬八戒擦粉　　　　　　＿＿＿＿＿＿＿＿＿

（2）豬八戒照鏡子　　　　　＿＿＿＿＿＿＿＿＿

（3）豬八戒戰白骨精　　　　＿＿＿＿＿＿＿＿＿

（4）白骨精遇上孫悟空　　　＿＿＿＿＿＿＿＿＿

4.發揮想像力，畫一個厲害的妖怪吧！

在經典故事中成長

——有圖、有料、有意思

🍐 導讀簡明，掌握故事緣起
🍐 內容生動，融合古典新意
🍐 插圖精美，呈現具體情境
🍐 經典新編，富含文學性質

全系列共三十冊　敬請期待

一生不可不讀的三十本經典

國家圖書館出版品預行編目資料

西遊記／許榮哲編寫;徐福騫繪.－－二版三刷.－－臺
北市: 三民, 2016
面; 公分.－－(兒童文學叢書／小說新賞)

ISBN 978-957-14-5427-6 (平裝)

859.6

© 西遊記

編 寫 者	許榮哲
繪 者	徐福騫
發 行 人	劉振強
著作財產權人	三民書局股份有限公司
發 行 所	三民書局股份有限公司
	地址 臺北市復興北路386號
	電話 (02)25006600
	郵撥帳號 0009998-5
門 市 部	(復北店) 臺北市復興北路386號
	(重南店) 臺北市重慶南路一段61號
出 版 日 期	初版一刷 2011年1月
	二版一刷 2013年3月
	二版三刷 2016年1月
編 號	S 857410

行政院新聞局登記證局版臺業字第○二○○號

有著作權·不准侵害

ISBN 978-957-14-5427-6 (平裝)

http://www.sanmin.com.tw 三民網路書店
※本書如有缺頁、破損或裝訂錯誤,請寄回本公司更換。